조선대혁명

조선 대혁명 6권

〈사냥 시작〉

초판1쇄 펴냄 | 2013년 01월 14일

지은이 | 다물
발행인 | 성열관

펴낸곳 | 어울림 출판사
출판등록 / 2009년 1월 23일 제313-2009-12호
주소 / 서울시 마포구 서교동 395-64 회산빌딩 3층 302호
TEL / 02-337-0120
FAX / 02-337-0140
E-mail / 5ullim@hanmail.net

Copyright ⓒ2013 다물

값 8,000원

ISBN 978-89-992-0038-0 (04810)
ISBN 978-89-6430-931-5 (SET)

조선 대혁명

다물 역사판타지 장편소설

사냥 시작

6

필독

본 소설은 허구입니다. 실제적 역사나 사실과 다를
수 있습니다.

목차

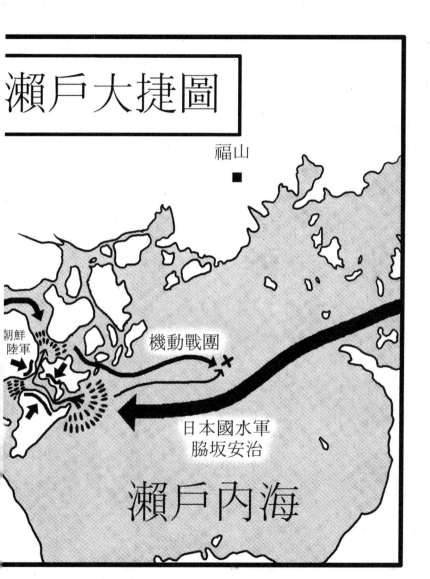

瀨戶大捷圖

福山

朝鮮
陸軍

機動戰團

日本國水軍
脇坂安治

瀨戶內海

대조선국구주정벌도

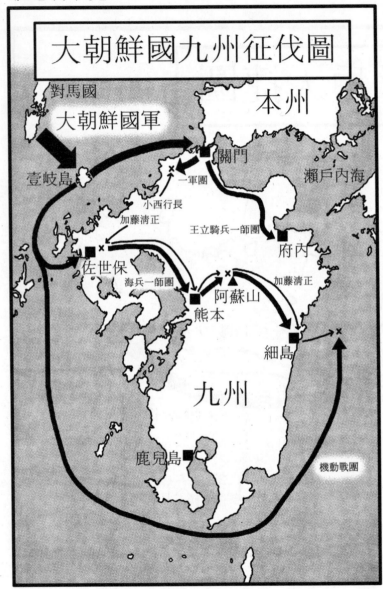

사냥 시작

전쟁이 시작된 지 보름 넘게 지났다.

아직 전쟁이 시작된 지 며칠 되지 않았는지, 혹은 조선 땅 위에서 벌어지는 전쟁이 아니라서 그런지 조선의 백성들은 전쟁 자체를 실감하지 못하고 있었다.

그들은 그저 가진 논밭에 물을 대며 벼들을 잘 관리할 뿐이었다.

전쟁 기간 동안 행여 곡식 증산이 있지나 않았을까 하였던 농민들이었다. 그에 대한 이야기를 농민들끼리 하고 있었다.

"전쟁이 시작되면 전처럼 탐관오리들이 와서 보챌 줄

알았는데, 이번에는 조용한 것이 영 적응이 안 되네. 그
려~"

"소문에는 우리를 위해 영상 대감 나리께서 재화를 모
았다더군~ 그걸로 명국에서 곡식을 사온다는데, 아무
래도 사실인 거 같어~"

그간 쌓아놓았었던 예산이 있었기에 전쟁 기간 동안 백
성들에 대한 부담은 거의 없다할 수 있을 정도였다.

때문에 그러한 현실 앞에서 백성들은 김한호와 이혼에
대해 찬양을 늘어놓았다.

"여튼 김한호 대감이 최고랑께!!"

"김한호 대감뿐이갔어? 우리 전하께서도 계시잖은
가~"

"그라쥐~ 그라쥐~ 하하하~"

전화 속에서도 웃음이 피고 있었다. 하지만 그러한 웃
음은 전쟁과 전혀 관련이 없는 사람들의 것이었다.

전쟁은 누군가에게 분명 슬픔이 되고 있었다. 그리고
그 슬픔은 그 어떤 것보다도 큰 슬픔이었다.

임진년(壬辰年) 이래 7년 동안 왜적들의 본거지가 되었
었던 부산포(釜山浦)는 무려 8년이 지난 후 왜국 정벌을
위한 전진기지가 되었다.

수천수만 군병들이 해변으로 모인 가운데, 그들은 대마
도로 떠났었던 판옥선들이 돌아오기만을 기다렸다. 그

리고 후군으로 승선하여 판옥선을 통해 왜국 땅을 밟고
자 하였다.

부산포 마을 주민들이 아침마다 조선군 병사들을 구경
하고 있었고, 조선군 병사들은 막 부산포에 도착한 판옥
선들을 맞이하고 있었다.

쿠구구~ 쿵!

"하선~!!"

해군 장교의 목소리가 울려 퍼졌다. 해변 위로 다리가
올려 졌고 판옥선의 수병들이 해변 위로 발을 올렸다.

동시에 판옥선 안에서 전사자들의 시신이 모습을 드러
내었다.

그들은 조선군이 대마도를 점령할 때 숨진 이들이었
다.

비록 수십만 대군 안에서 십 수 명에 불과한 이들이었
지만 그들의 가족들은 크게 슬퍼할 일이었다.

또한 그들을 바라보고 있는 이들의 마음 또한 안타까울
일이었다.

"모두 다 살면 조을 낀데, 역시 죽는 사람도 생기는 것
이 전쟁은 전쟁인기라……."

"쯧쯧쯧……."

어망을 든 한 남자가 말하니 주변에 있던 백성들은 혀
를 차면서 그들을 안타까워하였다.

더불어 그들을 보고 있는 병사들의 마음가짐 또한 다시 새로이 다져지고 있었다.

'죽어서 부모님께 피눈물을 보이게 할 순 없지…….'

'반드시, 살아서 돌아올 테다……!!'

승승장구할 것 같았던 출정식은 이미 과거의 일이었다.

전사자들의 시신이 한양에 도착되자 고향에 있던 부모들은 조정으로부터의 연락을 받고서 자식들의 시신과 마주하였다.

그리고 그들의 몸을 붙잡고서 하늘이 무너진 것과 같이 대성통곡을 하였다.

"진석아~!! 진석아~!! 흐어어억~!!"

"아이고오~! 아이고~!!"

"흐흐흑… 흐흑……!!"

투툭… 툭… 툭… 쏴아아……!!

그들의 죽음을 슬퍼하듯이 하늘 또한 울음을 터트렸다.

먹구름이 껴 있는 하늘 아래에서 김한호는 어기에 둘러싸여진 관들을 바라보며 군례를 올렸다.

그들이 묻히는 땅 앞 제단 위엔 무공훈장 중 4번째에 해당하는 화랑무공훈장(花郎武功勳章)들이 놓여 있었고, 그들의 가족들은 그들의 죽음으로 말미암아 영웅의 가족으로 대우 받을 예정이었다.

　전국 관아에 무공 훈장에 관한 각종 혜택들의 내용이
담겨진 방문이 붙여졌다.

武功勳章惠澤

　1항. 훈장 수여자에 대한 계급 상관없이 주상 전하를 제
외한 모든 신료들은 훈장 수여자에 대하여 먼저 군례를 올
린다. 본 항의 혜택은 모든 훈장 등급에 해당된다.

　2항. 훈장은 조선국 조정 아래에서 보호받으며 훈장 거
래 및 가짜 훈장 제작을 금지한다. 또한 훈장 수여자가 아
님에도 그를 속이며 훈장을 욕보일 경우, 금 10000원의 벌
금과 더불어 도형 1년에 처하며, 벌금 납부 불가시 도형 2
년에 처한다. 본 항의 사항은 모든 훈장 등급에 적용된다.

　3항. 훈장 수여자에 이름은 조선국의 역사와 함께하며,
역사의 기록 속에 그 이름과 가문명이 영원히 남는다. 본
항의 혜택은 모든 훈장 등급에 해당된다.

　4항. 훈장 수여자 및, 수여자의 가족 1대에 한정해서 매
월 조정으로로부터의 급여를 보장받는다. 그로 인하여 태
극장은 매월 400원, 을지장은 매월 300원, 충무장은 매월
200원, 화랑장은 매월 100원, 인헌장은 매월 50원의 급여
를 보장받는다. 급여에 대한 세율은 적용이 되지 않으며

물가 변동에 따라 급여는 조정 상승된다.

5항. 훈장 수여자 및, 그 가족 2대까지는 의료 혜택이 지원되며, 내의원 소속의 의원으로부터 진료를 받을 수 있는 권한을 얻는다. 본 항의 혜택은 모든 훈장 등급에 해당된다.

6항. 훈장 수여자 및, 그 가족 2대까지는 상단 상회로부터 은퇴할 때 은퇴금을 지급받으며, 그 비율 또한 비수여자에 비해 1할 인상된 수준으로 지급 받는다. 본 항의 혜택은 모든 훈장 등급에 해당된다.

7항. 훈장 수여자 및, 그 가족 2대까지는 납세해야 할 세금을 전부 혹은 일부 면제를 받는다. 그로 인하여 태극장은 10할, 을지장은 7할, 충무장은 5할, 화랑장은 3할, 인헌장은 2할 면제받는다.

8항. 훈장 수여자들의 자녀들이 사관학교 입교 시험에 지원할 경우, 시험의 결과와 상관없이 무조건 합격 혜택을 받는다. 본 항은 태극무공훈장과 을지무공훈장 등급에 해당된다.

9항. 훈장 수여자 및, 그 가족 2대까지는 타국에 주재한 조선국 공관으로부터의 지원을 받을 수 있다. 본 항의 혜택은 모든 훈장 등급에 해당된다.

10항. 훈장 수여자 및, 그 가족 2대까지는 특정한 상황에서 마패를 사용할 수 있는 권한을 가진다. 본 항의 혜택은 태극무공훈장에 한정한다.

11항. 훈장 수여자 및, 그 가족 3대까지는 국가 행사에서 귀빈석에 앉을 수 있는 권한을 가진다. 본 항의 혜택은 태극무공훈장에 한정한다.

12항. 훈장 수여자에 대한 장례는 조선국 조정이 일체 담당하며, 훈장 등급에 따라 장례의 규모와 일수를 적용한다.

13항. 전사자는 1계급 특진과 함께 화랑무공훈장 등급 이상의 훈장을 수여받는다.

14항. 훈장 수여자 및, 수여자 자녀들의 교육과 취직은 국가에서 일절 책임을 진다. 본 항의 혜택은 모든 훈장 등급에 해당된다.

15항. 훈장 수여자에 대한 예우와 존경은 어디에서나 받을 수 있으며, 받아야 한다. 본 항의 혜택은 모든 훈장 등급에 해당된다.

무공 훈장에 관한 혜택 내용은 그 어떤 훈장의 혜택보다 파격적인 것이었다.

더불어 그저 나라를 위해서 모든 것을 내던진 것에 대한 인정뿐만이 아닌, 실질적으로 훈장 수여자에 대한 생계를 국가에서 책임지는 것이라 할 수 있었다.

가족들을 위해 전장으로 나아간다. 그것은 조선군 병사

들이 지닌 사명감이라 할 수 있었다.

가족들을 지키고 국민을 보호하기 위해 목숨을 바친다.

조선국 조정은 그러한 희생정신을 백분 이끌어내고 있었다.

가족 부양에 대한 두려움을 잊은, 죽음에 대한 두려움을 잊은 전사들이 적들의 본거지에 발을 딛고 있었다.

때는 만력(萬曆) 34년 병오년(丙午年)의 여름이었다.

수백 척 넘는 판옥선이 검은 바다를 헤치고 있었다. 수많은 판옥선 중 한 척의 갑판 위에서 해군 장교가 칼을 뻗으며 병사들에게 크게 외치고 있었다.

그는 자신들이 죽어도 살아 있는 것과 같음이라 말하고 있었다.

"무공 훈장에 관한 이야기를 전해 들었을 것이다! 또한 우리의 조국 조선! 주상 전하께서 우리의 가족들을 거두시리라고 하셨다!! 우리가 죽음에도 우리의 가족들은 우리 덕분에 살 수 있다! 우리가 살기 위한 것이 가족들을 위해서라면! 우린 죽어도 죽은 것이 아니다!! 목숨을 바쳐서 전투에 임할 것이며! 더 이상의 미련과 걱정 없이 적들에게 나아갈 것이다!! 우리는 죽음을 각오고 적들을 분멸할 것이다!!!"

"우와아아아악~!!!!!"

함성이 터졌다.

그들의 눈앞에서 왜국 땅의 해협이 모습을 드러내었다.

800척 가까이에 이르는 대함대의 중심에 이순신의 대장선이 있었다.

조선 해군 5개 함대를 이끄는 이순신은 묵직한 음성으로 적진을 향하여 공격하라 명하였다.

"3함대! 방포하라!"

"3함대! 방포!! 방포하라~!!!"

펄럭~!

'三'자 깃발과 함께 방포 깃발이 함께 휘날렸다. 직후 최전방에 위치한 3함대 소속의 판옥선들이 관문해협 일대 해안을 향하여 포성을 터트렸다.

뻐벙! 뻐버벙~!!

선수 전방에 위치한 현자총통(玄字銃筒) 수백 문이 일시에 불을 뿜었다.

관문해협 해안에 위치한 왜군 진지에서 흙 파편과 함께 왜병들의 살점이 튀어 올랐다.

콰콰쾅!! 콰쾅!!

"으아악~!!"

"크아악!!"

왜군의 비명이 진지를 가득 메웠다.

수비 진지를 지휘하는 사무라이는 관문해협 남쪽 영지인 부젠국(豊前国)의 영주이자 그 일대 해안을 수비하는 왜장, 모리 가쓰노부(毛利勝信)에게 긴급한 보고를 전하고자 하였다.

"지금 당장 적들이 간몬을 공격 중이라 알려야 한다! 적선은 500척 이상! 적 병력은 5만 이상이다! 어서 가!!"

"하, 핫!!!"

다가닥. 다가닥. 다가닥~!!

파발마가 급히 띄워졌다.

관문해협에서 출발한 전령은 조선군의 포격을 뚫고 기어코 모리가 기거하는 왜성에 도착하였다.

성문을 통과하고 천수각에 올랐고, 그 안에서 한가로이 난을 닦고 있는 모리를 만나 그에게 관문 일대의 전황을 급히 전하였다.

"그, 급보입니다!!"

"무슨 급보인가……?"

"조, 조선군 전선 500척 이상이 간몬 해협으로 들이닥쳤습니다……!!"

“……?!”

툭…….

난을 닦던 천을 떨어트렸다.

모리는 미간을 바짝 좁힌 채 급보를 전한 전령에게 다시 되물었다.

“다, 다시 말해보라… 전선 500척 이상이 간몬 일대를 공격하였다고……?!”

“핫!!”

“……!!”

전령의 재차 보고에 모리는 당혹스런 표정을 지었다. 그와 함께 그는 사세보에 상륙한 조선군과 큐슈 북방에서 벌인 조선군의 움직임을 떠올리며 크게 경악을 터트렸다.

‘이중으로 기만술을 펼치다니! 어찌 이런……!!’

허허실실(虛虛實實)을 이중으로 선보이는 최고의 전략이었다.

그리고 그러한 전략을 펼친 이가 조선의 대제독, 모리가 직접 상대해야 할 조선 해군의 수장이었다.

고민할 겨를도 없었고 작전을 구상할 시간도 없었다. 그는 즉시 가신들을 불러서 간몬 해협으로 향하고자 하였다.

“지금 즉시! 적들의 상륙을 저지하러 간다! 나를 따

르라!!"

"핫!!"

갑옷을 착용함과 동시에 다급한 발걸음으로 해안으로 나아갔다.

모리가 수천 병사들과 함께 해안에 도착하였을 땐 조선 해군 선두 함대인 3함대가 이미 상륙 작전을 진행 중인 상황이었다.

판옥선으로부터 내려진 다리 위로 수백 조선군 병사가 쏟아져 내리고 있었다.

멀리 있는 언덕에서 모리는 수심 깊은 표정으로 그 모습을 지켜보고 있었다.

그는 해안을 메우기 시작한 조선군 병사들을 보며 부젠국 북방에 상륙하는 적병의 규모를 파악하게 되었다.

'적선의 수가 500 이상이라더니 800이 아닌가?!! 거기에 각 척 당 하선하는 병력이 백 수십이니 상륙 병력은 족히 10만이다!! 어떻게 이런 대병력을……!!'

모리는 일본국을 징벌하겠다던 조선의 경고가 허언이 아님을 처음으로 깨닫게 되었다.

그는 전령을 띄워서 서부에 위치한 고니시군에게 지원 요청을 하여 하였다.

"적선은 800척… 적병력은 추정 10만이다! 지금 당장 고니시군과 가토군에게 알려라! 시간이 없다!!"

"핫!!"

다가닥. 다가닥. 다가닥!!

다급한 마음과 함께 파발마가 출발하였다. 직후 모리군을 발견한 조선군이 총성을 터트리기 시작하였다.

"언덕 위에 적 발견! 부대! 방포 준비!"

"방포 준비!!"

척! 처척!

"방포~!!"

타타탕!! 타탕!!

이백 보에 육박하는 거리에서의 방포였다. 그러함에도 조선군의 총탄들은 왜군의 갑옷들을 뚫었다.

퍽! 퍼퍽!

"컥!"

"윽!!"

빗발치는 총탄 속에서 왜병과 사무라이들이 쓰러지기 시작하였다. 그러한 위력 앞에서 모리는 퇴각 명령을 내렸다.

"퇴각하라!! 퇴각하라!!!"

그러면서 그는 조선군의 철포가 기존의 철포보다도 뛰어나다는 것을 파악하였다.

그것은 일본국에게 있어서 파멸의 시작과 같음이었다.

'이렇게 먼 거리에서 이렇게 정확하게 조준 사격을 하다니! 어떻게……?!!'

"헉?!!"

숨이 멎어지는 듯한 느낌이 들었다.

뒤를 바라보는 그의 눈동자 안으로 해변으로 쏟아져 내리는 수천 기마 부대의 모습이 들어오고 있었다.

북적거리는 해변 위로 '第一王立騎兵師團'라는 글귀의 깃발이 높이 휘날리고 있었다. 그리고 그 뒤로 하늘을 승천하는 천마 문양의 깃발이 위풍당당하게 휘날리고 있었다.

목표는 적 거점 돌파였다. 그를 위해 김충선이 1만 기병군의 선두에 섰다. 그는 칼을 뻗으며 기병군에게 돌격 명령을 내렸다.

"대조선국의 무용을 보여라~!! 전구운~!! 돌겨억~!!"

"와아아아아아앗~!!!"

하늘을 찌르는 사기와 함께 병사들과 장교들의 기백이 터졌다.

직후 부젠 해안을 휩쓰는 기병 1만군의 질주가 시작되었다.

다가닥… 다가닥… 다가닥. 다가닥. 다가닥다가닥!!

두두두두두두~!!!

장맛비로 젖은 대지 위에서 먼지 구름이 일어날 정도의

위용이었다.

천지가 흔들리고 바다가 진동하고 있었다. 그를 보면서 모리는 조선군의 최종 목적이 무엇인지 확실하게 파악하였다.

'적들의 목표는 고립이다!! 우리의 퇴로를 막을 셈이야……!!'

도주를 하면서 파악하게 된 조선군의 계획에 그는 경악을 터트렸다.

그는 한시라도 빨리 큐슈 영주들과 합류하여 시코쿠(四國)로 탈출코자 하였다.

그사이 조선 기병 1사단은 부젠국 관문해협에서 출발하여 남동진을 하기 시작하였다. 해안길을 질주한 1만 기병군의 눈앞에 왜군의 목책 진지가 눈에 들어오고 있었다.

진지의 문은 열려 있었고 그를 놓칠 조선군 시병 사단이 아니었다.

선두에 선 김충선은 자신과 함께하고 있는 중대에게 방포 명령을 내렸다.

다가닥. 다가닥. 다가닥~!!

"적들이 문을 닫기 전에 제압한다!! 선두 방포 준비!!"

"방포 준비!!"

슥~ 척! 처척!

명령과 함께 선두 기병 중대가 소총을 들고서 장전을 하였다.

기승 상태에서 활을 쏘는 것이 가능한 이들이었으니, 그들에게 있어서 고삐를 놓고 전력 질주하는 것은 아무 문제가 되지 않는 일이었다.

조선군이 기마 민족의 모습을 보이는 동안 목책 진지의 문을 지키던 사무라이가 그들을 발견하였다.

그는 휘하 병사들을 시켜서 황급히 진지의 문을 닫게 하였다.

"조, 조선군이다!!! 어서 문을 닫아~!!"

"흐읍~!!"

끼이익~

왜병들에 의해 목책의 진지가 닫히기 시작하였다. 그를 가만히 보고 있을 조선군이 아니었다.

모든 장전을 마친 조선군 기병들은 안장 위에서 엉덩이를 들썩이며 그들에게 소총탄을 퍼부었다.

탕! 타탕!!

퍽! 퍼퍽!!

"억!!"

"악!!"

문을 밀던 왜병이 비명을 질렀다. 직후 칼을 들고 있던 김충선이 문 안으로 뛰어들며 문을 지키던 사무라이의 목을 베었다.

좌악~!!

"이대로 돌파한다!! 후군은 적진의 문을 파괴하라!!!"

두두두두~!!!

김충선의 뒤를 따라 수백 수천의 기병군이 질주하였다.

그들은 안장 옆 총집에 소총을 꽂아 넣고서 칼로 왜병들의 목과 흉부를 베어나갔다.

쓰걱~!

좌아악~!!

"으악!!"

"꺄아아악~!!!"

왜병들의 비명 소리와 더불어 진지 안에 있던 왜국 백성들이 비명을 질렀다. 그들 앞으로 김충선의 기병 부대가 돌파하였다.

마지막 후군이 빠져나가기 직전, 목책 문 곁으로 한범 폭약을 던지는 것은 덤이었다.

뚝! 휙~!

치이익~ 콰콰쾅~!!!!

안전 고리가 풀린 한범 폭약에서 폭발이 일었다. 동시에 목책 진지의 문이 비산함과 더불어 목책 일부분에 불이 붙게 되었다.

그렇게 조선군 기병 사단은 왜군의 군사 거점을 완벽하게 무력화시키고서 돌파하였다.

그들의 질주는 한 시진하고도 반 시진 가까이 이루어졌다.

이후, 무려 7개에 달하는 왜군 군사 거점이 김충선의 기병 부대에 의해 파괴, 무력화되었다.

그 후 그들은 처음으로 제대로 된 성채와 마주하게 되었다.

그들이 마주하게 된 성은 수년 전 조선에서 보았었던 왜성과 비슷한 형태의 토성(土城)이었다.

토성의 주인은 모리의 가신이었고 그는 2천의 병력으로 1만에 달하는 조선군 기병군과 맞서고자 하였다.

성루 위에 서 있는 그의 두 눈 안으로 성문 앞 대지를 메운 조선군의 당당함이 보이고 있었다.

'불과 10년 전만 하여도 명국군 없이는 우리에게 맞설 수 없었을 거늘⋯ 그동안에 어떻게 저런 군사력을 구축하였단 말인가⋯⋯!!'

모리를 따라 조선에서 종군하였었던 그였다. 때문에 전국이 초토화가 되었었던 조선에 대한 기억 앞에서 초절정의 강력함을 보이는 조선군의 모습에 경악을 터트리고 있었다.

성문 아래에서 조선군 병사 하나가 푯말을 꽂고 돌아갔다.

성문 앞 푯말 위에는 그에게 항복을 종용하는 글귀가 쓰여 있었다.

항복하여 후나이로 향하는 길을 열라. 그렇지 않으며 귀장에게 조선 침공의 죄를 물을 것이다.

"음……."

조선군 병사가 꽂고 간 푯말을 보며 왜장은 미간을 좁힌 채 수심 깊은 표정을 드러냈다.

동시에 그는 철포로 무장된 조선의 기병군을 보며 그들에게 공성병기나 화포가 보이지 않음을 확인하였다.

적어도 며칠간은 싸울 수 있을 듯하였다. 그는 1만에 달하는 조선 기병군과 싸워 충분히 방어전을 이룰 수 있을 것이라 판단하였다.

그는 휘하 사무라이들을 통해 최후까지 싸울 것임을 천명하였다.

"할복이나 항복은 없다! 최후까지 적들과 맞서 싸워 승리할 것이다!!"

"와아아아~!!!"

왜장의 외침에 왜병들이 검을 치켜세우며 환호성을 질

렀다.

그때 성문 앞 150보 앞으로 조선군의 한 장수가 홀로 말을 몰고서 다가왔다.

그를 본 사무라이가 손가락으로 그를 가리키며 외쳤다.

"주, 주군……!"

"으음……?!!"

그들의 시선이 꽂히는 곳엔 한때 왜장이었다가 조선군의 장군이 된 이가 있었다.

김충선은 안장 옆에 걸린 총집에서 환 일식 소총을 꺼내다가 총탄을 장전하였고 성루 중심에 서 있는 뿔투구를 쓴 이를 향하여 소총의 조준선을 정렬시켰다.

그리고 소총의 방아쇠를 가볍게 당겼다.

타앙~!

퍽!

"주, 주군! 주군!!!"

성을 지키던 왜장의 머리가 깨졌다. 김충선은 천천히 말을 몰아 본대에 돌아온 뒤 적 성문을 향하여 포격 명령을 내렸다.

"포병연대! 신기전 방렬!!"

"포병~! 연대~! 신기전을 방렬하라~!!!"

펄럭~!!

장교들의 외침과 함께 기병 사단과 함께 내달렸던 수레 위에서 검은 천들이 벗겨졌다.

　수레에 탑재되어 포탑 회전이 가능한 신기전이 모습을 드러냈다.

　기병 사단 소속의 포병 부대 장교들의 목소리와 병사들의 목소리가 높이 울려 퍼지고 있었다.

　"편각 2도 18분! 사각 17도 38분!"

　"편각 2도 18분!! 사각 17도 38분!!"

　덜덜덜덜~!

　끼익~!

　조선군 포병 병사들이 신기전 곁으로 다가선 가운데 신기전들의 조준점은 왜적들이 지키는 성문과 성루로 맞추어졌다. 그리고 이내 화살을 날리기 시작하였다.

　"점화!"

　"점화~!!"

　치이이익…….

　슈슉~ 슈슈슈슉~!!

　쏴아아아아~!!!

　불붙은 신기전 화살들이 왜성의 성문과 성루로 날아들기 시작하였다.

　수천 발에 달하는 화살 앞에서 왜병과 사무라이들은 성벽 난간 에 몸을 붙이며 몸을 숨겼다.

"피, 피하라!! 몸을 숙여라!!"

"으아아아~!!"

하지만 그것으론 역부족이었다.

조선군의 신기전 화살은 화살 하나하나가 수류탄의 위력이 있었다.

왜성의 성루와 성문에서 무수한 폭발이 터지기 시작하였다.

꽈쾅!! 콰콰콰쾅!!

퍼퍼펑~!! 퍼펑!!

"으아아악~!!!"

폭발이 터진 이후, 온몸이 찢겨져 나간 왜병들의 비명소리가 하늘을 채웠다.

그를 보며 김충선의 기병군은 칼을 뽑아들고서 돌격 자세를 준비하였다.

"전군! 돌격 준비! 대기하라!!!"

"돌격 준비! 대기!! 대기하라!!"

푸르릉~

고삐 잡힌 말들이 꼬리를 흔들었다.

왜성의 성문 앞은 흙먼지로 채워져 있었고 조선군은 그러한 흙먼지가 가라앉기만을 기다렸다.

후두둑… 후둑…….

흙먼지가 떨어짐과 더불어 김충선의 눈앞에 걸레 조각

이 된 성문이 모습을 드러내었다.

그리고 성문은 기어코 문고리를 떨궈내며 땅바닥 위로 쓰러지고야 말았다.

쿵!!

김충선이 열린 성문으로 칼을 뻗었다.

"성문이 열렸다!! 전군! 돌격~!!!!"

"돌겨억~!! 돌격하라~!!"

다가닥… 다가닥 다가닥다가닥!!

두두두두두두~!!

기백 넘치는 말발굽 아래에서 다시 흙먼지가 솟아오르기 시작하였다.

얼마 지나지 않아 시코쿠로 향하는 바닷길의 관문이 조선군의 발굽 아래로 떨어지고야 말았다.

상상도 못할 강력함으로 무장한 군대였다. 그러한 조선군 10만 대군이 관문해협 일대 부젠국에 상륙하였다.

조선군의 상륙 소식을 접한 가토 기요마사와 큐슈(九州) 영주 연합군은 자신들이 큐슈섬에 고립될 것을 우려하며 전력으로 후퇴를 하였다.

그들은 자신들의 영지로 전령을 보내 가족들과 가신들을 큐슈 동부 영지인 분고국(豊後国)의 수도 후나이(府内)로 향하게 하였다.

그 와중에 가토는 자신의 영지가 있는 히고국(肥後国)으로 돌아와 자신의 아내와 측실들, 8살에 불과한 딸을 데리고서 피난을 가고자 하였다.

성내가 소란스러운 가운데, 그의 아내가 가마에 오르면서 행선지를 묻고 있었다.

"장군… 어디로 가는 것입니까……?"

그녀의 물음에 가토는 동쪽에 보이는 산을 가리켰다.

"아소산을 넘어 후나이로 향할 것이오. 승선만 하게 되면 안전해지니 조금만 참으시오……."

"예……."

가토의 대답에 그의 아내는 고개를 끄덕이며 믿음을 보였다.

이후 얼마 지나지 않아 가토 휘하의 7천 군사가 동쪽 산을 향하여 이동하기 시작하였다.

이미 사흘 동안 쉴 새 없이 행군을 했던 상황, 가토의 군사들은 그리 높지 않은 아소산(阿蘇山)의 외륜산(外輪山)을 등정하며 가쁜 숨을 내쉬었다.

"허억… 허억……!"

"후욱… 후욱……!"

발이 천근이었고 눈꺼풀이 만근이었다.

피로가 극에 달하여 정신을 짓누르고 있을 때 가토의 군사는 아소산 북쪽 분지에 들어섰다. 그리고 그들은 미리 합류하기로 하였었던 큐슈 영지 연합군과 조우를 하며 본래의 군세를 회복하였다.

가토와 큐슈 영주들이 모인 가운데 가토는 가장 최악에 근접한 급보를 접하게 되었다.

그의 인상이 일그러져 있었다.

"그러니깐 말인즉, 후나이가 조선군에게 떨어진 지 오래다?"

후나이의 상황을 듣고서 가토가 물었다. 그러자 영주들 사이에서 후나이로부터의 소식을 들은 영주가 가토에게 비보를 전하였다.

"상륙 직후 조선의 기병군이 단 하루 만에 후나이까지 진격하였소. 그렇게 후나이까지 진격하는 동안에 부젠 북동부 해안의 군사 거점들을 파괴시켜 놓아서 조선의 보병군은 별 피해 없이 거점들을 먹어치웠고, 지금쯤이면 후나이까지 진격한 조선군이 남진을 개시했을 것이오. 물론 그들 앞엔 산악 지역이라 기병군이 움직일 수 없겠지만, 문제는 우리가 탈출할 수 있는 해상 탈출로가 봉쇄된 상황이오……."

"……."

영주의 답변에 가토와 영주들은 수심 깊은 표정을 지었다.

가토는 등 뒤에 있는 가마를 보았고 남쪽에 위치한 아소산을 바라보았다.

그러다가 영주들에게 말하여 목적지를 변경하였다.

"호소시마로 갑시다."

가토의 말에 영주 중 한 사람이 미간을 좁히며 말하였다.

"호소시마로 가면 물론 포위를 피할 수 있지만, 외해의 물결이 만만치 않을 것이오."

그에 가토가 비장감 어린 눈빛을 하고서 말하였다.

"외해 내해를 따질 겨를이 있는 상황은 아닌 것 같소. 이곳 큐슈를 탈출할 수 있다면 그 어떤 길이라도 택해서 가야 한다 생각하오……."

"크흠……."

가토의 이야기에 영주들은 고개를 끄덕이며 깊은 숨을 쉬었다.

그들은 가토의 결정을 따르기로 결심하였다.

"그럼 그렇게 합시다. 호소시마로 가서 시코쿠로 향하는 것이오……."

그러면서 그들은 큐슈에 남아 있는 두 명의 영주를 거론하였다.

"그나저나 고니시 장군과 모리 장군은 어찌 되는 것이
오……?"

"그리고 보니 그렇군……."

급하게 후퇴하느라 큐슈 북방에 있을 두 영주가 내심
걱정스러운 상황이었다.

그러한 때에 비보가 날아들었다.

먼 곳에서 총성이 울려 퍼지기 시작하였다.

탕… 탕… 타탕…….

"……?!!"

철포의 포성과 전혀 다른 포성이었다. 그에 영주들이
놀라 고개를 돌리니, 묵빛 갑옷을 착용한 사무라이가 달
려와서 가토에게 급히 보고를 올렸다.

"주, 주군!! 급보입니다!! 조, 조선군입니다!!"

"무, 무어라……?!!!"

가토의 되물음과 함께 그들이 지나왔었던 길 먼 곳에서
폭음이 울려 퍼졌다.

쿵…! 쿠쿵……!

"……?!!"

수일 전 사세보를 공격할 때 들었었던 폭음과 유사한
폭음이었다.

직후 폭음이 터진 곳 주변에서 다수 병사들의 비명 소
리가 울려 퍼지기 시작하였다.

"으아아……."

"으어어억……."

탕… 타탕… 타탕…….

비명 소리와 함께 익숙하지 않는 철포 포성이 연속적으
로 울려 퍼졌다.

그를 들은 가토와 영주들은 일부 병력들을 빼내어 그들
에게 가족들의 호위를 맡겼다.

"너희들은 가마를 호위하면서 후나이로 향하도록 하
라!! 여기서 적들의 추격을 끊고, 뒤따라가겠다!!"

"하, 핫!!"

지시를 받은 사무라이는 그들에게 되묻지 않고 가마들
을 호위하며 서쪽 길로 향하였다.

멀어지는 그들의 등을 바라본 뒤 가토와 영주들은 칼을
빼들며 결사항전의 뜻을 밝혔다.

스릉~!

"철포 부대는 전진하고 궁병 부대는 후방에 위치한다!
전방에 적들이 나타나면 죽을 각오로 싸워라! 그렇지 않
으면 우리에게 남는 것은 죽음뿐이다!!"

"전군!! 재배치!!"

"이동하라!!"

척! 척! 척!

가토의 외침과 함께 큐슈 영지 연합군 부대들이 조정되

었다.

전방에는 왜도를 든 검병과 철포병이 섰고 그 뒤로 영주들과 함께 궁병이 위치하였다.

임전무퇴의 각오로써 가토와 큐슈 영지 연합군은 곧이어 나타날 조선군을 맞이코자 하였다.

그러한 때에 그들에게 불운이 닥쳤다.

다시 비가 내리기 시작하였다.

툭… 투툭… 툭… 툭…….

쏴아아아아아아~!!!!

"……?"

"비, 비다…….."

쿠구구궁~!!

천둥소리가 천지를 진동시켰다.

큐슈 영지군의 철포 부대가 무력화되는 순간이었다.

쏟아져 내리는 빗속에서 가토는 극도의 불안감을 느끼게 되었다.

'어째서 하필 이런 때에……!!'

쏴아아~!!

쏟아지는 빗줄기 너머 비바람에 흔들리는 풀들이 있었다.

그리고 그사이 속에서 불빛들이 번쩍이기 시작하였다.

타타탕!! 타탕!!

퍽! 퍼퍽!

"커헉!!"

"흑!!"

전방에 배치되었던 검병들이 쓰러졌다.

가토는 후방에 배치되어 있던 궁병들에게 활을 쏠 것을 명하였다.

"적들에게 화살을 쏴라!! 적들의 발포를 무력화시켜라!!"

"궁수부대! 사격 준비!!"

꾸욱~!

궁수 부대를 이끄는 사무라이의 외침을 따라 큐슈 영지 연합군에 속한 궁병들이 일제히 활을 당겼다.

바로 그때였다.

그들의 측편에서 총탄이 빗발치듯이 날아들었다.

탕! 타탕!

푸욱! 퍽!

"큭!!"

"헉!!"

궁병들 사이에서 피가 뿌려졌다. 더불어 후군에 위치한 왜장들의 갑옷이 환 일식 소총에서 방포된 소총탄에 의해서 분쇄되어 버렸다.

말도 안 되는 상황이었다.

큐슈 영지군을 이끄는 가토의 두 눈 안으로 아소산 외륜산(外輪山)을 넘어선 조선군 부대의 모습이 들어오고 있었다.

그리고 그들 중 가장 선두에 서 있는 이는 가토 자신도 모를 인연으로 맺어진 이, 노비 개복이었다.

울산성에서 맺지 못한 결실을 개복은 기어코 이루고자 하였다.

'이번에는 놓치지 않는다……!!'

"……!!"

착검을 한 노비가 조선을 침략한 제2선봉장에게 달려가고 있었다.

한 맺힌 조선의 분노, 어머니와의 만남이라는 간절한 바람에 맞서 가토는 가장 강력한 조선군 부대와 마주하고 하고 있었다.

그로부터 약 한 시진, 부젠국 관문이었다.

이미 해병 1사단을 제외한 전 해병 사단와 육군 1군단이 부젠국에 상륙한 가운데, 육군 소속의 2군단이 도착하여 육군참모총장 권율이 왜국 땅에 발을 디뎠다.

그는 이순신을 만나서 성공적인 상륙에 대하여 기쁨을 표하고 있었다.

"상륙 작전에 성공할 줄은 알았지만 이렇게까지 아무 피해 없이 상륙할 줄은 몰랐었소. 역시 대제독이오! 하하하하~!!"

"그것이 오직 저의 힘으로만 된 것이겠습니까? 육군의 기병 사단 지원이 없었다면 부젠국 해안선을 정리하는 데에 지금보다도 큰 희생이 있었을 것입니다."

"겸손은~ 껄껄껄~!"

"후후후… 일단 안으로 드십시다. 지금까지의 상황을 대장군에게 알려 드리겠습니다."

"그렇게 합시다~ 하하하~"

서로에게 수고를 표하며 웃음을 숨기지 않고 있었다.

그러한 분위기 속에서 이순신은 권율을 지휘 막사로 안내하였다.

슥~

저벅저벅…….

걷어진 천막 아래로 두 명의 대장군이 위풍당당한 발걸음으로 들어왔다.

두 사람은 탁자 앞에 나란히 앉은 뒤 지도 앞에 선 정보

참모로부터 전략보고를 듣기 시작하였다.

　지시봉을 들고 있던 참모가 일본국의 지도를 짚기 시작하였다.

　"현재! 우리 조선군은! 구주 동북부 관문해협을 점령하였으며! 구주 점령을 위해 주력군은 관문 남쪽 풍전을! 관문 북쪽 견제를 위해 장문 일대에 육군 특전 부대가 교란 중에 있습니다!! 육군 왕립 기병 1사단은 부내까지 진격하였으며 현재 보병 부대가 도착할 때까지 주둔 중에 있습니다!! 좌세보에 상륙하였던 해병 1사단은 후퇴 중인 구주 영주들을 추격 중에 있습니다!! 이상입니다!!"

　"으음……."

　참모의 보고에 권율을 턱수염을 쓸면서 고개를 끄덕였다.

　그는 까끌거리는 뒷머리를 긁적이며 이순신에게 물었다.

　"내 알기로 기병 사단의 피해는 거의 없는 것으로 알고 있소. 헌데 어째서 부내에서 진격을 멈추게 한 것이오?"

　기동력이 살아 있는 기병 사단의 움직임이 멈췄다. 그에 관하여 이순신이 해명을 하였다.

　"여기서 부내까지의 해안선은 평지에 가깝습니다. 아

니, 솔직히 말하면 부내 입구에 산 하나 정도만 있고 나머지는 기병이 기동하기 좋은 곳이지요. 허나, 부내 남쪽부터는 해안선조차도 전부 산과 접해져 있습니다. 더군다나 기병 사단의 너무 빠른 기동력 탓에 보급선 유지를 위해서라도 일단 기동을 멈추게 할 수밖에 없었습니다."

"그렇다면 이해가 가겠소이다. 허나, 그렇게 되면 왜장들이 사국으로 도주할 수 있지 않겠소?"

이순신의 답변에 권율은 큐슈 영주들이 도망갈 수도 있다고 말하였다.

그에 이순신은 의미심장한 미소를 지으며 그들을 절대 놓치지 않을 것이라고 말하였다.

"절대 그럴 일은 없을 것입니다. 대조선국의 해군은 지난 전쟁보다도 훨씬 빨라졌습니다."

"후후후⋯ 그러고 보니 그렇소이다⋯ 하하하하~!!"

이순신의 답변에 권율이 다시 웃음을 터트렸다.

그들은 조선에서 수많은 학살을 자행했던 이들을 절대 놓치지 않으리라 여기고 있었다.

그러한 때에 급보가 날아들었다.

휘날리는 막과 함께 막사 안으로 전령이 뛰어 들어왔다.

펄럭~!

"급보입니다! 축전을 방어하던 소서행장이 지금 이곳으로 진격 중입니다!"

"소서행장이……?"

"예! 대장군!!"

고니시 유키나가가 조선군 10만 군사가 넘는 곳으로 진격해 온다는 소식에 권율은 의아한 표정을 지으며 이순신을 바라보았다.

그의 앞에서 이순신은 쓴웃음을 지으며 말하였다.

"아마도 나를 노리고 오는 것일 겁니다……."

"……."

왜적들에게 자식을 빼앗겼었던 이순신처럼, 조선군에게 모든 것을 잃어버린 고니시였다.

때문에 권율은 필패할 것을 불을 보듯 알면서도 그가 상륙 지점으로 진격해 오는 이유를 알 수 있었다.

허나 왜군에게 한을 품고 있기는 권율 또한 마찬가지였다.

그는 고니시가 바라는 것 일체 하나도 이루지 못하게 하려 하였다.

"대제독은 여기 있으시오. 내가 가서 그를 상대하겠소."

"부탁하겠습니다……."

조선의 대장군 권율이 움직였다. 그는 조선 정벌군 제1

선봉장이었었던 이에게 무참한 패전을 안겨주고자 하였다.

그는 곽재우(郭再祐)가 이끄는 조선 육군 1군단과 함께 고니시를 맞이하기 위하여 서쪽을 향해 나아갔다.

그리고 치쿠젠국과 부젠국 사이 접경 부근에서 고니시 군과 마주하였다.

때는 만력(萬曆) 34년 병오년(丙午年) 5월 21일이었다.

단죄

　케이쵸(慶長) 11년 5월, 조선군 본대가 관문해협에 상륙하였다.

　그리고 그 소식은 치쿠젠국 북방 해안을 방어하던 고니시 유키나가에게도 알려졌다.

　고니시는 즉시 군사들을 집결 시키고서 조선군이 상륙한 부젠으로 향하고자 하였다.

　"간몬으로 향한다!! 신성한 대일본국의 영토에 발을 디딘 적들을 격멸하라!!"

　"전군~!! 이동~!!"

　칼을 뺀 고니시의 명령과 함께 사무라이들의 목소리

가 1만 군사를 움직이게 하였다.

일본국을 위해서 모든 것을 던진다. 하지만 그런 말은 고니시에겐 그다지 중요하지 않은 말이었다.

그는 오직 자신의 모든 것을 빼앗은 자에 대해 복수만을 바랄 뿐이었다.

'기다려라… 이순신! 내 기필코, 너의 사지를 찢어 놓을 것이다……!!'

깊은 증오심을 원천 삼아 자신의 모든 것을 걸고자 하였다.

그는 이순신을 죽인다는 목적 하나로 일신을 움직이고 있었다.

얼마 지나지 않아 고니시의 군대가 조선군의 목전 앞으로 다가왔다.

조선군은 곽재우가 이끄는 1군단을 앞세워 그를 맞이코자 하였다.

대조선국 육군참모총장 권율이 고니시를 상대하고자 하였다.

그는 산기슭에 세워진 지휘 막사 안에서 1군단장 곽재우에게 계책을 전하고 있었다.

"적들은 기습과 도주를 겸한 교란전을 펼치지 않고 곧장 아군 본진으로 뛰어들 것이네. 그러니 군단 본부 앞으로 방어선을 두껍게 설정토록 하게. 더해서 적 부대가 기병으로 돌진해 올 경우, 무리하게 막진 말고 그들의 돌진을 허용할 수 있도록 하게. 그렇게만 된다면 소서행장의 군사들은 위장 본부가 위치해 있는 이곳으로 갇히게 될 것이네."

확신이 어린 권율의 지시에 곽재우는 약간의 걱정을 섞어서 물었다.

"고니시의 군사는 1만에 달하긴 하지만, 그래도 군단급인 아군보다 무려 5배 이상 부족한 병력입니다. 정녕, 아군을 상대로 정직하게 돌파를 하겠습니까?"

"……."

씨익…….

그의 물음에 권율이 미소 지었다. 권율은 본부에 휘날리고 있는 깃발을 가리키며 깃발에 쓰여 있는 글귀를 바꾸라고 명하였다.

"내 이름이 새겨진 깃발 대신 대제독의 이름이 새겨진 깃발을 크게 써서 올리도록 하게. 대제독으로부터 모든 것을 잃은 고니시라면 물불을 가리지 않고 이곳으로 달려올 것이네."

"아, 알겠습니다……."

권율의 지시에 곽재우는 계책의 이유를 이해하며 고개를 끄덕였다.

그는 권율의 지시대로 수만 군사들을 움직이며 위치를

재편성하였다.

좌우측방과 후방에 산을 위치시킨 가운데, 무려 반 이상에 가까운 병력들을 계곡 입구 쪽에 배치하였고 그와 함께 산세 안으로 신기전을 포함한 각종 화포들을 배치시켰다.

더불어 산속으로 1개 사단을 투입시켜서 산을 통해 빠져나갈 왜군의 퇴로를 완벽하게 차단하였다.

그렇게 만반의 준비를 하고서 세 시진을 기다렸다.

가면으로 공포심을 가린 고니시의 군대가 조선 육군 1군단 앞에서 모습을 드러내었다.

척. 척. 척. 척!!

"전군 정지!!"

"정지! 정지하라!!"

척!!

생사를 건 복수의 순간이 다가왔다.

'大提督 李舜臣'이라는 큰 글자가 고니시의 두 눈 안으로 옅게 새겨지고 있었다.

스릉~

고니시의 허리춤에서 왜도가 뽑혀 들려 내질러졌다.

고니시는 이순신의 깃발을 꺾어서 자신의 한을 조금이나마 녹이고자 하였다.

"적들은! 우리의 가족들을 죽일 것이며! 우리의 처를

겁탈할 것이다…! 싸워 이기지 못하면 우리에게 남는 것은 파멸뿐이다…! 죽음을 각오하고서 보이는 적들을 괴멸시켜라……!!"

고니시의 외침에 곁에 있던 요시라가 그의 공격 명령을 막고자 하였다.

그는 증오에 잠식된 주인의 정신을 일깨우고자 하였다.

"주, 주군! 진형이 불리합니다! 이대로 돌격하면 패배에 가깝습니다……!!"

그의 충언에 고니시는 언성을 높이며 반드시 돌격할 것이라 말하였다.

"이순신이 살아 있는 한! 이 나라에 미래는 없다!! 목숨을 걸어서라도 반드시 이순신을 죽여야 한다!!"

"하, 하지만… 주군……!!"

"나를 막지마라! 요시라……!!"

"……!!"

그는 자신의 가신들이나 병사들의 운명 따윈 전혀 중요하게 여기지 않고 있었다.

그리고 그것은 조선에서 있었던 그의 모습에 비해 너무나도 다른 모습이었다.

신중했었던 그의 전략마저 무너지고 있었다. 그는 상대가 누구인지조차 정확하게 확인하지도 못한 채 광기 어린 모습으로 군사들을 이끌고 있었다.

그는 총알받이가 될 이들을 먼저 보내고자 하였다.

"목표는 이순신의 목이다!! 제1진! 출격!!"

"제1진 출격!! 적 본진을 향해 전력으로 달려라!!!"

왜도를 든 사무라이가 앞장서서 달렸다. 동시에 찰갑을 입은 왜병들이 그를 따라 전력 질주하기 시작하였다.

수천 군사가 일시에 움직였고 그들의 거리가 어느 정도 벌려지자 말 위에 앉아 있던 고니시가 검을 뻗으며 크게 외쳤다.

"제2진 출격!! 전군! 나를 따르라!!!"

"와아아아아~!!!"

두두두두두~!!!

수천 기병과 함께 왜도를 든 나머지 병사들이 일제히 움직였다.

고니시 휘하 1만 군사는 전투의 결과와 상관없이 이순신의 목을 따내고자 두터운 조선군 방어진으로 전력 질주하였다.

얼마 지나지 않아 고니시군 제1진 부대가 조선군과 만났다.

그들이 오기만을 기다렸던 조선군은 일제히 방아쇠를 당기기 시작하였다.

"왔다! 전군! 방포!!"

"방포! 방포하라!!"

철컥!!

타탕!! 타탕!!

"쏴!!"

뻐버벙!! 뻐벙!!

총성이 울렸고 후방에 위치해 있던 포병대에서 포성이 터졌다.

왜병들이 달리던 땅 위에서 흙기둥이 솟아올랐고 비명이 터지기 시작하였다.

쾅! 콰쾅!!

"악~!"

"크헉~!!"

더불어 달리고 있던 왜병들이 쓰러지기 시작하였다.

콰쾅!! 쾅! 쾅!

슝~! 푹! 푸푹!

"헉!!"

"윽!!"

날아드는 총탄과 포탄 속에서 왜병들은 찢어지는 비명과 함께 쓰러지고 있었다.

그 속에서 왜병들은 조선군과 맞서 싸우니, 검을 빼들고 그들에게 달려감과 동시에 들고 있던 조총에서 꽃을

대를 뽑아 들었다.

"철포대는 장전하라!!"

"철포대 장전~!!"

조선군 진영 코앞에서 칼을 든 사무라이가 크게 외쳤
다.

조총을 들고서 뛰던 왜병들은 즉각 자리에서 멈춰선 채
총구 안으로 화약을 넣기 시작하였다.

그를 가만히 보고 있을 조선군이 아니었다. 조선군에
게 있어서 가장 위협적인 부대는 바로 적 조총 부대였
다.

조선군은 달려오는 왜 검병들을 잠시 내버려둔 채 조총
을 장전 중인 왜병들에게로 방아쇠를 당기기 시작하였
다.

칼을 든 조선군 장교가 왜군 철포대에게로 칼을 뻗고
있었다.

"적 조총 부대를 무력화하라!!"

"전군 적 조총 부대 조준~! 쏴~!!"

철컥!

타타탕!! 타탕!!

"크악!"

"허억!!"

총성이 터졌고 무릎을 꿇은 채 장전 중인 왜병들이 비

명을 질렀다.

결국 조총을 장전 중이던 왜병들은 조선군의 십자 포화 속에서 단 한 명의 생존자도 남기지 못하였다.

그사이 검병들은 조선군의 방어선과 맞닿아 착검한 조선군과 백병전을 펼치기 시작하였다.

길이 3척에 이르는 왜도를 든 병사와 소총에 단검을 부착시킨 병사의 백병전은 굳이 보지 않아도 알 수 있는 전투였다.

덕분에 조선군과 칼날을 맞댄 고니시의 병사는 일시나마 조선군의 방어선을 밀어내기 시작하였다.

깡!! 가가각!!

"死ね!!"

"크아앗!!"

생사의 갈림길 사이에서 기합 소리가 터져 나왔다.

왜병은 죽음을 각오하며 달려들었고 조선군은 죽지 않기 위해 그들의 검날을 총렬로 막고 있었다.

비록 왜군 쪽이 우세한 백병전이었지만 조선군 병사들 또한 쉽게 밀리지 않고 있었다. 그들은 바다를 건너기 전까지 총검술을 연마하며 갖은 백병전 상황에 단련되어 있는 이들이었다.

실전에 가까운 훈련과 함께 지난날의 한으로 전의를 갖춘 이들이었다.

하지만 백병전의 여파로 조선군 방어선의 전방 지역에서 총성이 멎어버리고야 말았다.

그사이, 고니시가 이끄는 기병 부대가 조선군의 두 번째, 세 번째 방어선을 차례대로 뚫어 버렸다.

고니시의 눈에는 이순신이라는 깃발이 보일 뿐이었고 그가 이끄는 기병대는 오로지 조선군 진지의 중심을 향해 질주할 뿐이었다.

그들이 지나는 길 주변에서 조선군은 무의미한 피해를 막을 뿐이었다.

두두두두~!!

"길을 열어라!! 적 기병들을 보내라!!"

"모두 싸우는 척만 한다! 적 기병이 오면! 피해라!!"

탕! 타탕!!

두두두두~!!

장교들의 지시를 따라 조선군 병사들은 왜군 기병 부대에게 최대한 총탄을 퍼부었다.

하지만 왜군 기병 부대가 그를 뚫어내니, 근접해진 조선군 병사들은 일제히 몸을 날리면서 왜군 기병부대에게 기동로를 열어주었다.

그 모습에 고니시의 가신 요시라는 불길한 생각을 하였다.

'본진까지의 진격로를 열어주다니!! 이것이 우리의 기

세에 눌려서인가?! 아니면 우리에게 일부러 열어주는 것
인가……?!!'

돌격을 하면서 얼핏 들렸었던 조선군 장수들의 명령이
머릿속에서 맴돌고 있었다. 하지만 그러한 생각의 겨를
은 잠시뿐이었다.

요시라와 고니시의 눈앞에 조선군 본진의 모습이 보이
기 시작하였다.

고니시는 전방으로 칼을 뻗으며 더욱 목소리를 높였
다.

"조금만 더 힘을 내라!! 적장의 목이 목전이다!!"

두두두두두~!!

2000에 가까운 기병 부대가 무려 반수 이하로 떨어져
있는 상태였다.

하지만 그것으로 충분하였다. 고니시는 이순신과 마주
하여 그의 목을 취할 수 있을 것이라고 판단하였다.

그렇게 조선군의 최후 방어선을 뚫고서 본진으로 들이
닥쳤다.

고니시를 따라 움직인 왜군 기병대는 깃발이 꽂힌 장소
에 기어코 다다르고야 말았다.

그들은 텅 비어 있는 초지(草地)를 목격하였다.

달리던 말발굽이 천천히 멈춰졌다.

두두두두… 다가닥, 다가닥… 다가닥…….

"……?!!"

깃발과 막사, 그 외에는 아무것도 없는 좁은 벌판이었다.

그 안에서 고니시는 당황에 빠져들었고 그를 따른 가신과 무장들은 공포에 빠져들었다.

고니시에게 요시라가 다가와서 말하였다. 그는 겁에 잔뜩 질린 표정이었다.

"주, 주군…! 계략에 빠진 듯합니다……!"

"이, 이런……!!"

사사삭~ 사삭~

촤악~

철컥! 철컥!

진지를 둘러싼 산속에서 흑의(黑衣)를 입은 조선군들이 일제히 일어섰다.

동시에 고니시와 기병대의 기세에 눌려 자리에서 피하는 척했었던 조선군 병사들이 일제히 총구를 돌려 그들을 조준하였다.

산세와 지나왔던 길, 그 모든 길이 막힌 상황이었다. 그리고 보이는 병력만 1만이 넘는 병력이 고니시와 그의 가신들, 무장들을 노리고 있었다.

통역병을 거친 조선군 장교의 외침이 산기슭 안에서 높이 울려 퍼지고 있었다.

"움직이지 마라!! 저항하면 모조리 죽여 버리겠다!!"

"······!!"

직후 산 숲 속에서 권율이 모습을 드러내었다.

그는 고니시에게 항복을 종용하였다.

"조선을 침략하였었던 소서행장은 들으라! 우리 조선은!! 조선을 침공했었던 왜장들을 절대로 용서치 않을 것이다!! 허나! 사병들에 관해선! 주인을 따랐던 죄밖에 없음이니! 왜장들에게 모든 죄를 묻고서 그들을 용서할 것이다! 그러니 소서행장은 항복하라!! 그대의 결정에 그대를 따른 이들의 운명이 정해질 것이다······!!"

"······."

슥······.

권율의 외침에 고니시는 자신이 지나왔었던 길로 고개를 돌렸다.

겹으로 방어선을 다시 쌓은 조선군의 머리 뒤쪽으로 그들과 맞섰던 자신의 병사들이 제압되었음을 파악하였다.

비록 자세하게 보이는 것은 아니었지만 권율이 말하는 내용에 비춰서 대충 알 수 있는 정황이었다.

항복을 하면 아직 살아 있는 모두를 살리되, 항복하지 않으면 모두가 죽는 상황이었다.

최악의 상황이 벌어지고 나서야 고니시는 이순신에게 복수하는 것이 불가능하다는 것을 인식하였다.

그는 천주가 자신을 버렸다고 판단하였다.

'하나님 아버지… 성모 마리아시여… 이렇게 저를 버리시나이까…….'

품 안에 넣어뒀던 십자가를 쥐고서 자신을 버린 천주에게 원한을 드러내었다.

그는 자신을 죽임으로써 자신을 따른 모든 이들을 구하려 하였다.

말에서 내렸고 허리춤에 있던 칼을 뽑아 들었다.

척!

스릉~

"……."

그의 곁으로 요시라가 다가왔다. 그는 칼을 뽑은 고니시에게 다가와 그의 팔을 잡으며 자결을 막으려 하였다.

"주군…! 마지막까지 따를 것입니다…! 그러니 자결하지 마시고 저희들과 함께 분전을 합시다……!!"

그의 말에 고니시는 가면을 벗어던지며 말하였다.

"분전하여 무엇을 얻겠는가… 나 하나만 죽으면 족할 것을… 자네들은 살아남아 나의 백성들을 이끌어주도록 하게……!!"

"주군……!!"

슥……!

요시라의 말림에도 고니시는 소도를 뽑아 목을 그으려 하였다.

그때 그의 칼날이 목에 닿는 순간 산세를 뒤흔드는 총성이 울렸다.

타탕!! 탕!

"컥!!"

"윽!!"

털썩!!

"……!!"

고니시가 자결을 하려던 찰나 그와 함께 하였었던 기병 몇이 총탄을 맞으며 바닥으로 고꾸라졌다.

그를 보며 놀란 고니시가 권율에게 고개를 돌리며 분노를 터트렸다.

"항복하면! 죽이지 않겠다고 하였다!! 헌데 어찌하여 나의 수하들을 죽이는가!!"

그에 권율이 서슬 퍼런 외침을 터트렸다.

"자결은 허용치 않겠다!! 자결을 하면 그대의 수하들을 모조리 도륙할 것이다……!!"

"그, 그런……!!"

권율의 외침에 고니시는 분노에 잠식되면서 온몸을 떨

어댔다.

곁을 지키던 가신들이 울음을 터트리며 돌격 명령을 요구하였다.

"차라리 저희에게 적과 싸우다 죽으라 하십시오…! 주군이 항복하셔서 조리돌림을 당하는 꼴을 저희들은 절대 보지 못합니다…!! 크흑……!!"

"맞습니다!! 돌격 명령을 내려주십시오!! 주군!!"

"…….."

울먹이며 노성을 터트리는 부하들이었다.

그들 앞에서 고니시는 하늘을 바라보며 한숨을 쉬었다.

"후우…….."

그리고 갖고 있던 칼을 떨어트리며 권율에게 크게 외쳤다.

땡그랑!

"투항하겠다…! 그러니 이들을 죽이지 말라……!!"

"주군……!!"

"주, 주군!!"

곁에 있던 가신들이 일제히 목청을 높였다.

그들을 내려다보면서 권율은 고니시만을 지칭하며 소총을 조준 중인 조선군 병사에게로 이동하라 명하였다.

"소서행장은 조선군 사병들에게로 걸어가라! 또한 소서행장의 수하들은 지금 그 자리에서 대기할 수 있도록 하라……!!"

"……."

저벅저벅…….

"주군!!"

"주군…!! 크흐흑……!!"

울음을 터트리는 가신들을 뒤로하고서 무거운 발걸음을 옮겼다.

고니시는 자신을 희생하여 부하들을 살리겠다는 생각으로 조선군 병사에게로 걸어갔다.

그는 조선군 병사들에게 몸을 던졌고 그들의 손길에 의해 온몸이 묶여 버리고야 말았다.

입에는 재갈이 물렸고 그의 머리 위로 검은 두건이 씌여졌다.

그 모습을 요시라를 비롯한 사무라이들이 바라보고 있었다.

"주군… 우리를 위해서… 크흐흐흑……!!"

복수를 위해 가신들의 희생을 요구하였음에도, 끝내 자신들을 위해 스스로의 희생을 보이는 주인의 모습에 고니시의 가신들은 감동을 받아 더욱 충성을 맹세하였다.

그런 그들을 내려다보며 권율은 곁에 있던 곽재우에게 눈짓을 주었다.

"……."

"알겠습니다. 대장군!"

눈신호를 받은 곽재우는 즉시 칼을 뽑아들었다. 그리고 산 아래에 있던 이들에게로 최후의 일격을 가할 것을 명하였다.

스릉~!

척!

"적들을 섬멸하라!!"

"전군! 방포하라!!"

탕! 타타탕!!

숲 속에서 수천이 넘는 불빛이 번쩍였다. 동시에 산 중턱에 위치해 있던 신기전으로부터 화살이 발사되었다.

치이이익~!!

슈슉~슈슈슈슈슈슉~!!!!

"으아아아~!!!!!"

고니시의 가신들이 비명을 질렀다.

그들의 가슴과 등, 팔과 다리 쪽으로 총탄과 함께 신기전의 화살들이 날아들었고 그들은 바닥으로 고꾸라지며 멀리 보이는 고니시를 불러재꼈다.

"주군…!! 주구운~!!"

푸푸푹! 푸푹!!

고니시를 부르는 요시라의 등 위로 신기전의 화살들이 꽂혔다.

그로부터 수초 뒤, 고니시의 기병대는 신체의 생김새를 모를 정도로 비산해버리고야 말았다.

콰쾅!! 콰콰쾅!!

폭음이 터졌다.

그를 들은 고니시는 약속과 다른 권율의 행동에 비명을 질렀다.

"으음~!! 으으음!!!"

재갈을 물린 이유가 따로 있는 것이 아니었다. 그것은 혀를 깨무는 것을 막기 위함이었다.

그는 자신이 쌓은 업보로 인하여 숨이 멎는 순간까지 생지옥에 있어야 할 판이었다. 그렇게 눈물을 흘렸고 죽지 못하는 자신을 한탄하며 죽을 날만을 기다리게 되었다.

결국, 큐슈 북방에 남아 있었던 최후의 왜군이 섬멸되었다.

권율은 곽재우를 불러서 아직 살아 있는 왜병들의 처우를 정하고자 하였다.

"사로잡힌 왜병들을 살리되, 무사 계급에 속한 이들은

모조리 죽인다!"

"예! 대장군!!"

서슬 퍼런 권율의 명령 앞에서 곽재우는 대답과 동시에
허리를 돌려세웠다.

그때 산 위를 뛰어오르는 한 병사가 있었다.

사삭! 사삭!

"헉…! 헉……!"

거친 숨과 함께 풀숲을 헤치며 급히 권율에게로 뛰어올
라왔다.

그는 권율에게 또 다른 전선에서의 상황을 전하였다.

"보, 보고 드립니다! 좌세보에 상륙했었던 해병 1사단
이! 구주 중심에 위치한 아소산에서 구주 영주들의 군대
를 격퇴하고 추격 중에 있습니다!"

전령의 보고에 권율은 언제 전투가 이루어졌는지를 물
었고 전령이 답하였다.

"언제 전투가 이루어졌나? 그리고 전투 결과는?"

"어제 정오쯤에 전투가 끝났고 재추격을 개시하였습니
다! 왜장들은 가등청정을 제외하고 전원 사살되었습니
다!! 피해는 부상자만 200명 정도입니다!"

"으음……!!"

전령의 보고에 권율은 만족스러운 표정을 지었다.

명령을 내리기 위해 산을 내려가려던 곽재우가 산을 내

려가다 말고 흥분된 표정으로 말하였다.

"이, 이건 구주가 점령된 것이 마찬가지입니다…! 대장
군!"

"그런 셈이지…! 개전 한 달 이내에 이 정도 결과면, 분
명 앞으로의 전망이 좋다고 여겨질 수 있네! 그나저나,
가등청정은 어디로 향하였는가?!"

곽재우와 이야기를 주고받은 뒤 권율이 다시 전령에게
로 질문을 하였다.

직후 전령은 화색이 피어난 표정으로 권율에게 대답해
주었다.

"가등청정은 세도로 향하였습니다! 지금쯤이면 해병 1
사단이 세도 점령 중에 있을 것입니다! 대장군!!"

전령의 보고에 권율은 미소를 지었고 곽재우는 미간을
좁혔다.

곽재우는 약간의 걱정이 담긴 말투로 권율에게 질문을
하였다.

"제가 알기로 세도는 포구로 이뤄진 마을입니다. 행여
상선이나 운선이라도 있으면 가등청정을 놓칠 수도 있
는 것이 아니겠습니까?"

그에 권율이 고개를 내저었다.

"절대 놓치지 않을 것이네. 이곳의 바다는 그 누구도
아닌 바로 조선 해군의 바다, 대제독의 바다일세."

"……."

권율의 이야기에 곽재우는 신뢰를 보이면서도 마음 한 구석의 우려를 거두지 못하였다.

하지만 그로부터 사흘이 지났을 땐 그러한 우려는 단숨에 사라질 일이었다.

고니시 유키나가가 육군 1군단에게 사로잡혔을 무렵, 가토 기요마사는 구주 영주 가족들을 이끌며 호소시마(細島)에서 탈출을 감행하고 있었다. 그리고 그들을 뒤쫓는 조선군의 장교는 그 누구도 아닌 노비 개복, 최정근이었다.

조선을 침공하였었던 제1선봉군의 왜장이 사로잡혔다.

이제는 제2선봉군의 왜장이 조선군으로부터 심판 받을 차례였다.

후욱후욱후욱~!!

거친 숨을 내쉬며 산을 올랐다.

밀림과도 같은 풀숲을 헤쳤고 어느새 능선에 올라 산 아래와 마주하였다.

"全軍!! 再配置(전군!! 재배치)!!"

"移動しろ(이동하라)!!"

바쁜 움직임을 보이는 왜병들이 있었다. 그를 내려다보며 최정근은 소대 병력들에게 명령을 내렸다.

"적들이 눈치 못 채도록 조용히 하산한다……."

"예……."

각 분대를 지휘하는 분대장들이 답하였다. 직후 최정근의 소대는 풀이 스치는 소리를 최대한으로 줄이며 왜적들에게로 접근해나갔다.

쿠쿵! 쿠쿠쿵~!!

쏴아아아아아~!!!

천둥소리와 함께 비가 쏟아지기 시작하였다. 때문에 최정근이 이끄는 소대와 그 뒤를 따르는 중대는 자연스레 인기척을 지워나갈 수가 있었다.

그들은 반 시진에 걸려서 왜적들에게 접근하였고 해병 1사단 본대가 왜적들 앞에 도착하기만을 기다렸다.

얼마 지나지 않아 왜적들의 진형 앞에서 불꽃이 번쩍이기 시작하였다.

해병 1사단 본대의 공격이 시작되었다.

탕! 타타탕!!

"敵方に矢をうて!! 敵方の発砲を無力化させろ(적들에게 화살을 쏴라!! 적들의 발포를 무력화시켜라)!!"

"弓手部隊! 射擊準備(궁수부대! 사격준비)!!"

해병 1사단의 공격 앞에서 가장 큰 목소리로 병사들을 지휘하는 자가 있었다.

최정근은 그가 누군지 알고 있었다.

그의 측편에 배치된 궁수 부대가 활시위를 당기고 있었다. 그를 본 최정근이 방포 명령을 내렸다.

"지금이다! 방포하라!!"

타탕!! 타타탕!!

타타타타탕!! 타타탕!!

최정근의 소대를 필두로 주변에 있던 2대대 병력 전원이 방아쇠를 당겼다.

직후 활시위를 당겼던 왜군 궁명들이 일제히 쓰러지며 비명을 질렀다.

푸푹! 푹!!

"큭!!"

"으윽!!"

폭우 속에서 속사 능력을 보이는 환 일식 소총 앞에서 무수한 왜병이 쓰러져 나갔다.

원거리 공격에서 우위를 점한 최정근은 자신의 소대에게 전원 착검 명령을 내렸다.

"착검하라!!"

"착검!! 착검하라!!"

분대장들의 외침이 울려 퍼졌다. 동시에 분대원들의 대검이 환 일식 소총 총구 밑으로 장착되었다.

가토 기요마사에게 단죄를 내리리라, 노비 개복은 반드시 그를 잡고자 하였다.

'이번에는 놓치지 않는다……!!'

울산성에서의 실패를 다시는 겪지 않으리라 다짐하였다.

그는 혼란에 빠진 왜적들을 향하여 총구를 겨누었다. 그리고 조선군 전 병력들에게 큰소리로 명령을 내렸다.

"적들을 섬멸하라!!"

직후 다시 엄청난 수의 총탄이 왜군을 습격하기 시작하였다.

타타타탕!! 타타타타탕!!

단 1초 사이에 터지는 수천 번의 총성, 그것은 큐슈 영지 연합군이 단 한 번도 느껴보지 못했던 압도적인 화력이었다.

그러한 화력이 무려 20초 넘도록 이어지니, 1만 5천명에 달하는 병력은 조선군의 십자포화 속에서 순식간에 녹아내리고 있었다.

왜병 한 명에게 꽂힌 총탄은 십여 발에 이를 정도였고 상상을 뛰어 넘는 공격 속에서 가토의 신체 또한 무사하지 못할 일이었다.

갑옷으로 둘러싸인 그의 어깨가 조선군의 총탄에 뚫려 버리고야 말았다.

타탕!!

푹!

"윽!!"

"주군……!!"

피를 흘리는 가토의 모습에 그의 가신들이 당황하였 다.

그들은 어깨를 잡은 가토의 몸을 감쌌고 그를 노리고 있던 조선군의 시선 앞에서 그를 밀쳐내고야 말았다.

"주, 주군! 피하십시오!!"

퍽!!

탕!!

털썩!!

"……!!"

한 가신의 희생으로 가토의 목숨이 지켜졌다. 머리에 구멍 뚫린 가신은 그 자리에서 쓰러져버렸다.

가토를 노렸었던 최정근은 곧바로 총탄을 장전하였고 또 다른 왜장에게로 총구를 돌렸다.

그리고 신속정확하게 방아쇠를 당겼다.

철컥!

탕!!

퍼억!!

칼을 뻗던 왜장의 투구가 벗겨졌다.

투구가 벗겨진 왜장은 이내 바닥에 쓰러졌고 주위에 있던 사무라이들이 그를 부르짖기 시작하였다.

"헉?! 주, 주군!!"

"주군을 감싸라! 어서!!"

"크아아아~!!!"

그야말로 큐슈 영지 연합군은 대혼란이었다. 그들은 생사의 갈림길 속에서 차츰 미쳐가기 시작하였다.

삶의 의지를 붙든 이들은 일방적인 학살 앞에서 도주를 택하기 시작하였다.

"도망쳐!! 이러다 모두 죽을 거야!!!"

푹!

"윽!!"

"피, 피해라아~!!!!"

명령권을 지니지 않은 자가 하늘 높이 소리치며 퇴각을 유도하였다.

그 탓에 사지에 내몰려 있던 왜병들 모두가 자신이 어디로 향하는지도 모른 채 사방팔방으로 날뛰기 시작하였다.

"으아아아~!!"

비명을 지르면서 조선군 진영으로 달려드는 이들도 있었다.

그들의 몸통으로 총탄이 날아드는 가운데 착검을 한 조선군 병사가 그들의 심장으로 총검을 꽂아 넣고 있었다.

푹!!

"커헉!!"

입으로 피를 토해내며 왜병들이 쓰러졌다.

수천 왜병들이 죽은 가운데 승기를 잡은 조선군은 적들의 신체를 베고 뚫으며 가토 기요마사의 목을 취하고자 하였다.

해병 1사단 본대에서 신호탄이 쏘아 올려졌다.

총구에 장착된 화학탄이 총탄과 함께 하늘로 솟아올랐고 공중에서 붉은 빛을 발하며 폭음을 터트렸다.

탕!

슈우우욱~ 펑!!

직후 풀숲에 엎드려 있던 이가 벌떡 일어서면서 칼을 뻗었다.

대왜군(對倭軍) 육전(陸戰) 불패신화(不敗神話)의 정기룡이 포효를 터트렸다.

"전군~!! 돌격억~!!!"

"와아아아악~!!!"

착검을 한 대군이 왜군을 덮쳐갔다.

총탄에 부상을 입은 가토는 전군에게 철수 명령을 내렸다.

"퇴, 퇴각하라!! 퇴각하라!!!!!"

"전구운~!! 퇴각~!! 퇴각하라~!!!!"

사무라이들의 외침이 울려 퍼졌다.

아직 행동의 향방을 정하지 못한 왜병들은 그들의 명령에 살길이 열렸노라며 일제히 후퇴하기 시작하였다.

그들은 전력을 다하여 동쪽으로 질주하기 시작하였다. 또한 기승을 한 가토는 앞뒤 가리지 않고 왜병들보다도 먼저 호소시마로 달리기 시작하였다.

그를 가만히 보고 있을 정기룡이 아니었다.

퇴각하는 가토 기요마사를 세상 끝까지 뒤쫓고자 하였다.

"적들을 놓치지 마라!! 가등청정을 잡을 때까지 전력 질주하라!!"

"가등청정을 잡아라아!!!"

명령과 함께 대병력을 이끌었다. 사단 선두에 최정근을 세우고서 가토 기요마사의 뒤를 전력으로 추격하였다.

날 샌 하루의 피로도 잊은 채 오로지 원한을 갚기 위하여 신체 능력을 한계점까지 끌어올렸다.

그들은 드높은 아소산 외륜산을 돌파하였고 숲길을 헤치며 남동진을 하였다.

따라잡힌 왜병들을 포로로 삼는 것도 잊은 채, 그들은 해가 뜨기 전까지 호소시마의 문턱 앞으로 당도하게 되었다.

시코쿠로 향하는 큐슈 마지막 포구에서 가토는 자신의 가족과 큐슈 영주 가족들을 배에 승선시키며 탈출을 감행하고 있었다.

"어서 타시오…! 시간이 없소……!!"

"저의 장군님은 어떻게 된 것입니까…?! 어찌하여 가토 장군만 살아남으신 겝니까……?!!"

"설명은 배 위에서 하겠소…!! 그러니 어서 승선부터 하시오……!!"

탕! 타타탕!!

"……!!"

한 영주 아내와 가토가 입씨름을 하는 동안 마을 외곽에서 총성이 울리고 있었다. 그를 들은 큐슈 영주 가족들은 영주들이 오길 기다리지 않고 배 위로 발길을 옮기기 시작하였다.

"총성을 들었소이까?! 곧 조선군이 들이닥칠 것이오! 그들을 만난 이후의 상황은 나의 어깨가 증명하게 될 것이오! 그러니 어서 타시오!! 일단은 살아야만 하오······!!"

"아, 알겠습니다··· 장군··· 흐흐흑······!!"

그저 눈물을 흘리며 영주들이 좋은 곳에 가 있기를 바랄 뿐이었다.

그렇게 슬픔과 오열 속에서 시코쿠로 떠나는 탈출선들이 출항하였다.

조선군 해병 1사단에서 언제나 선봉을 맡았었던 최정근은 그때도 마찬가지로 가토의 뒤를 가장 먼저 보고 있었다.

척······!

"······!!"

슥······.

"빌어먹을······!!!"

포구로 들어오면서 겨누었었던 총구를 내려놓았다. 얼마 지나지 않아 상급 지휘관들과 함께 정기룡이 도착하니 최정근은 가토를 놓쳤음을 그에게 보고하였다.

"가등청정을 놓쳤습니다··· 죄송합니다··· 장군······."

그 어떤 이들보다도 반드시 잡아야 할 적장이었다. 그를 놓쳤다는 생각에 최정근은 고개를 숙이며 자신의 책임이라 탓하였다.

그러나 정기룡은 미소를 지으며 최정근을 격려하였다.

"그런 생각하지 말라. 어차피 자네의 소대가 구주 영주들의 숨통을 끊어놓지 않았는가?"

"……."

"그러니, 자책하지 말고 수평선을 보라. 아직 우리 조선군의 추격은 끝나지 않았음이니……."

슥…….

"이, 이것은……?"

격려 마지막에 최정근에게 망원경을 내주는 정기룡이었다.

그로부터 망원경을 받은 최정근은 2대대장 이회가 가리키는 방향으로 수평선을 살피기 시작하였다.

"저길 보게……."

"……?"

이회의 손가락을 따라 최정근이 망원경을 돌렸다.

원형으로 이뤄진 세상 안에서 그는 바다 위에 떠 있는 여럿 배들을 발견하게 되었다.

선측에 2층 2열로 이뤄진 포문들이 보이고 있었다. 그를 보며 최정근은 놀라움을 보였다.

"버, 벌써 이곳까지 온 것입니까?"

그의 물음에 이회가 미소를 지었다.

"대양을 항해하긴 위한 청해선일세. 가지 못할 바다야 없지 않겠는가."

조선 해군의 필승 함대가 떠오르는 태양과 함께 모습을 드러내었다. 바다 위에 있던 가토에게 비보가 날아들고 있었다.

철썩~!!
수만 리에 걸쳐서 펼쳐진 대양의 파도는 그 어느 외해의 파도보다도 거친 파도였다.
사람 키의 몇 배에 달하는 파도가 치는 와중에 갑판에 있던 이 하나가 남쪽 방향으로부터 접근해 오는 괴선박들을 발견하였다.
'도대체 어디의 선박인 것인가…?! 우선 보고부터 해야 한다……!'
깊은 고민을 할 겨를이 없었다. 일단 그는 갑판을 나와 아래층에 있는 선실로 향하였다.
선실엔 자신의 가족과 영주들의 가족들을 지키는 가토가 있었고 사무라이는 그에게 달려가 그가 예상치 못했었던 급보를 전하였다.
"주군! 주군!! 남쪽에서 괴 함대가 출현하였습니다!!!"
"……?!"
사무라이의 보고에 선실에 있던 이들 모두가 놀란 표정을 지었다.
가토의 아내가 불안한 표정을 내보였다.

"호, 혹시 조선군입니까……?"

"……."

그녀의 물음에 가토는 침묵을 지켰다.

가토는 자신과 영주들의 가족들을 진정시키기 위해서
라도 차분한 표정으로 사무라이에게 물었다.

"아, 아군 함대인가?"

혹시나 하는 마음으로 물었다. 그에 사무라이는 안색을
어둡게 하며 그가 바라지 않을 소식을 전하였다.

"아군 함대가 아닙니다… 생전 처음 보는 형태의 선박
들입니다……."

"처음 보는 선박이라……?"

"핫……!"

"……."

사무라이의 보고에 가토는 어리둥절한 표정을 지었다.
그는 사무라이를 이끌고 갑판으로 향하였고 갑판을 지
키는 병사들과 함께 남쪽 방향의 해역을 살피기 시작하
였다.

남쪽 먼 바다를 가토 살피는 가운데, 사무라이는 손가
락을 올리며 괴 함대가 있는 곳을 가리키고 있었다.

"저쪽입니다……!"

"……."

사무라이의 말을 따라 가토 기요마사는 원형 세상 안에

서 시선을 모으고 있었다.

세상을 수십 배로 확대시켜 주는 원형 세계 안에서, 가
토 기요마사는 놀란 표정을 내보이고 있었다.

송희립이 그들을 살피고 있었다.

송희립은 망원경을 접고서 그들에게로 칼을 뻗고 있었
다.

"전 함대 전포대 방포 준비를 허여!!"

"전~ 함대~ 전포대 방포 준비~!!!!"

청해선의 장교가 소리 높여 외쳤다. 직후 갑판 아래층
에서 분주한 움직임이 일기 시작하였다. 상층에 배치된
현자총통부터 하층에 배치된 백호포까지 포탄이 장전되
고 있었다.

"편각 358도 13분! 사각 22도 56분! 장약 3호!"

"편각 358도 13분!!! 사각 22도 56분!!! 장약 3호!!! 탄
알 일반 장전~!!!"

덜컥!

포대장의 외침 직후 포반원들이 복명복창하며 포탄을
약실로 집어넣었다. 그리고 약 수 분, 장사진을 이룬 청
해선들은 가토가 이끄는 탈출선들에게로 포구를 조준하
였다.

열어 젖혀진 포문과 함께 돛대 위로 태극 문양의 깃발
이 휘날리고 있었다.

갑판 위에 있던 가토 기요마사는 그를 보며 단말마를 지르고야 말았다.

"이, 이럴 수는⋯⋯!!"

하고 싶은 모든 말을 끝맺기도 전이었다.

청해선들을 이끄는 송희립이 장검을 높이 치켜 올렸다.

"모조리 수장시켜 버리는 거시여!! 어여, 방포하랑께!!"

"방포!! 방포하라!!!"

"방포~!!!!"

함장의 외침, 그리고 포대장들의 외침이 터져 나왔다.

직후 청해선들의 전 포문에서 포성과 함께 불꽃이 터져 나왔다.

뻥! 뻐버벙!!!

뻐버버버벙!! 뻐버벙!!

20척이 넘는 함대가 고작 몇 척에 불과한 탈출선들에게로 퍼붓는 무자비한 일격이었다. 그러한 공격 앞에서 가토 기요마사가 이끄는 탈출선들은 산산이 깨어지고 뚫리게 되었다.

콰쾅! 콰콰쾅!!

"으아아악~!!!"

콰쾅!

쏴아아아아~!!!!

터져 버린 선저로부터 바닷물이 밀려 들어왔다.

반 토막 나버린 탈출선 위에서 갑옷을 입은 왜병들이 죽기 살기로 뛰어내렸고 또한 갑옷의 무게 탓에 해저 밑바닥으로 가라앉고야 말았다.

조선 정벌을 위해 일본국 전군이 모인 장소에서 조일 전쟁의 최대 원흉인 도요토미 히데요시로부터 검을 수여받았었던 이는 그렇게 어둠밖에 없는 해저 밑바닥으로 가라앉고야 말았다.

조선을 정벌함에 있어서 무수한 조선 백성들을 학살하고 코와 귀를 베었음이니, 그의 업보가 과하여 가족들마저 몰살된 것은 당연지사라고 할 수 있었다.

또한 그러한 결과로써 조선군은 조금이나마 분을 풀 수가 있었다.

개전 한 달도 안 되어서 큐슈군(九州軍) 전체를 무력화 시킨 조선군은 예비군을 불러들여 구주를 완전 점령하기에 이르렀다. 이후 권율과 이순신의 조선군은 진정한 왜국이라 할 수 있는 혼슈(本州)로 병력들을 움직이기 시작하였다.

그것은 경상도 크기만 한 땅에서 싸우는 것과 전혀 다른, 조선 영토의 배에 이르는 땅에서 치러지는 엄청난 규모의 전쟁이라 할 수 있었다.

 때는 만력(萬曆) 34년 병오년(丙午年) 5월 말일, 조선
군은 기어코 혼슈에 상륙하고야 말았다.
 그사이 개경의 김한호는 생각지도 못한 적과 싸우고 있
었다.

또 하나의 전쟁

　목책으로 둘러싸인 감옥과도 같은 마을이 있었다. 그
안에선 매일 연기들이 피어올라 후끈한 열기를 만들어
내고 있었다.

　목책 안의 사람들은 그리 행복하지 않은 표정으로 저마
다의 일에 충실히 하였고 그날도 불가마에 불을 올렸고
뜨거운 열기와 함께 도자기들을 만들어냈다.

　그런 어느 날, 한 달에 한 번씩 정기적으로 열리던 목
책 문이 처음으로 원칙을 깨고서 다른 날에 열리게 되었
다.

　묵빛 옷을 입은 괴인들이 목책 안으로 들어왔고 그들은

왜국 백성들의 복장을 한 이들을 안으며 크게 미소를 지었다.

"우리가 왔소! 하하하하!!"

"……?"

본 적 없는 이가 와서 갑작스레 끌어안아 웃음을 터트리니, 그들에게 안긴 사람들은 별안간 어리둥절한 표정을 지으며 크게 당황하였다.

하지만 이내 그들이 고향 말을 사용한단 생각에 놀라니, 사람들은 크게 기뻐하며 눈물을 흘리기 시작하였다.

"저, 정녕… 조선에서 온 것입니까……?!!"

"그렇소이다!! 우린 조선군이오……!!"

"세, 세상에……!!"

"……!!"

묵빛 옷을 입은 조선군 병사에게로 너나할 것 없이 달려들어 그들의 목을 감싸 안고서 흐느끼기 시작하였다.

"크흐흑…!! 흑흑……!!"

툭… 툭… 툭…….

다시 고향을 볼 수 있단 생각이 들고 있었다. 납치되었었던 조선 백성들, 도공들의 등을 조선군은 따스한 손바닥으로 어루만져 주고 있었다.

그들의 모습을 조선인의 가족이 되어주었던 왜국 백성들이 바라보고 있었다.

아이를 안은 왜국 여성들과 그녀들의 손을 잡은 아이가 멀리서 바라보고 있었다.

고향에 대한 미련을 버렸었던 이들은 또다시 고향땅의 모습을 상상하기 시작하였다.

그렇게 큐슈 일대에 갇혀 있던 조선 백성들이 구조되기 시작하였다.

조선군은 큐슈 일대를 장악함과 동시에 갇혀 있던 조선 백성들을 구함과 동시에 큐슈 합병 전략을 함께 치르기 시작하였다.

조선군의 큐슈 점령 이후 약 10만 명의 예비군이 큐슈에 투입되었고 그들은 큐슈의 치안 유지와 함께 왜국 백성들에게 선정을 베풀기 시작하였다.

운선으로 수송된 식량들이 굶주림에 지친 왜국 백성들을 먹여 살리고 있었다.

조선어에 능통한 왜국 상인이 북적이는 사람들 사이에서 목소리를 높이고 있었다.

"줄을 서십시오!! 그래야 빨리 받고 갈 수 있습니다!! 줄을 서십시오!!"

"……."

검과 활, 조총으로 무장한 조선 예비군 병사들이 왜국 병사들을 감시하고 있었다.

왜국 백성들은 그저 차분한 상태로 상인의 이야기대로 줄지어 서서 배급을 받고 있었다.

그들은 자신들에게 선정을 베푸는 조선의 방식을 이해하지 못하고 있었다.

"어째서 우리에게 식량을 주는 걸까? 군량미가 넘쳐나는 것도 아닐 텐데 말이야……."

"그러게… 혹시 독이라도 탄 것이 아닐까……?"

"그래야 정상이겠지… 그리고 내 처와 딸들도 겁탈을 해야 보통이거늘, 이건 좀 뭔가 너무 이상해……."

도요토미 히데요시가 왜국 통일을 하기 전, 왜국의 전국은 전화에 휩싸여 약육강식 세계의 끝을 아낌없이 보여주었었다.

그리고 그 당시에 이루어졌었던 약탈, 방화, 강간은 그야말로 승자의 즐거움이라 할 수 있었다.

그랬었던 시대를 보냈었던 왜국 백성들이었기에 조선의 선정은 너무나도 위화감이 드는 행위였다. 때문에 조선이 그들로부터 신뢰를 얻기에는 다소 시간이 걸리기도 하는 일이었다.

그 이전에 그들 또한 조선으로부터 해를 입은 이들이었다. 상처가 없을 리 만무하였다.

배급을 받기 위해 줄 서 있던 한 왜국 백성이 검을 들고 있던 조선군 병사에게로 달려들었다.

"악귀 같은 놈들……!!"

슥…….

"……?"

한 남성의 외침에 줄 서 있던 모든 이들의 고개가 돌려졌다.

조선군을 악귀로 지칭했던 이는 갑옷을 껴입은 조선군 병사의 멱살을 잡고서 자신의 소중한 이를 살려내라 소리치고 있었다.

콱! 콱!

"살려내!! 살려내라구!! 내 아들을 살려내……!!"

무기를 들지 않은 자였다. 그리고 무기를 들지 않은 민간인을 죽이는 것은 조선군이 세운 전시법에서 사형으로 다스려질 일이었다.

때문에 멱살 잡힌 예비군 병사는 그저 짜증스러운 표정을 하고서 그를 밀쳐낼 뿐이었다.

"개 같은 놈이! 어디 감히 멱살을 잡는 거야?!"

퍽!!

"윽!!!"

"……!"

밀쳐진 왜국 남성이 쓰러졌다. 그를 본 왜국 백성들이

일제히 어깨를 들썩이며 깜짝 놀랐다.

그들은 조선군 병사가 그를 죽일 것이라고 여겼다. 하지만 끝내 그 병사는 그 남성을 죽이지 않았다.

다만 상급 지휘관을 불러서 그에게 소란의 이유를 설명할 뿐이었다.

놀라서 달려온 중대장이 남성을 밀친 병사에게 소란의 이유를 물었다.

"어떻게 된 것인가?"

"이 남자가 저에게 자기의 아들을 살려내라고 멱살을 잡았습니다."

"아들을……?"

"예… 중대장님……."

"…….."

병사의 설명에 중대장은 알겠다는 듯이 고개를 끄덕였다.

직후 그는 쓰러져 있던 남성에게 다가가 손을 내밀었다.

"잡으시오……."

"…….."

미묘한 분위기가 펼쳐졌다.

쓰러져 있던 남성은 조선군 지휘관의 호의에 손을 쳐내면서 분노를 표출하였다.

그러고선 그에게 아들을 죽인 원흉이라며 일갈을 하였다.

"나의 아들을 죽인 원수를!! 난 절대 용서치 않을 것이다!!"

그의 말이 통역병의 입을 지나 조선군 지휘관에게로 전달되었다.

그의 앞에서 지휘관은 쓴웃음을 보이며 곁에 있던 장교에게 어떠한 것을 가져오게끔 하였다.

"성안에서 발견 된 것을 가져오게."

"성안이라면… 그것 말입니까……?"

"그래……."

"아, 알겠습니다……."

척척척……!

지휘관의 지시에 장교는 낯빛을 어둡게 하고서 급히 발걸음을 옮겼다.

얼마 지나지 않아 그는 작은 상자를 가져왔고 상자를 지휘관에게 건네다 주며 옆에 서서 명을 기다렸다.

상자를 받은 지휘관은 통역병을 곁에 세운 채 상자를 열어서 안의 무언가를 집어 든 뒤 하늘 쪽으로 팔을 뻗어 올려 사람들이 잘 볼 수 있게 하였다.

그것을 본 왜국 백성들은 두 눈을 크게 하고서 시체를 본 듯한 반응을 내보였다.

슥…….

"헉?! 저게 뭐, 뭐야……?!!"

"코, 코잖아……?!!"

"누, 누구 코야……?!!"

소금에 절여진 사람의 코, 그것이 조선군 지휘관이 들고 있는 상자 속의 무언가였다.

그는 왜국 백성들에게 자신이 들고 있는 것에 대한 설명을 통역을 통하여 알리기 시작하였다.

"이것은?!! 너희들이 보는 것처럼 사람의 코다!! 그것도 10년 전의 전쟁에서!! 전공 확대의 목적으로 너희들의 우두머리와 병사들이 베어나간 조선 백성들의 코다!! 장수와 병사가 아닌 너희들처럼! 농사를 지으며 평화롭게 살아왔었던 이들! 너희와 똑같은 삶을 살았었던 이들의 코다!! 그런데 어찌하여 너희들은 살아 있고 조선의 백성들은 죽임을 당하여 코가 소금에 절여져 있는 것인가?!! 어찌하여 너희들은 살아남아 조선에서 베푸는 선정 앞에서 분노를 표하는 것인가?!!!!"

"…….."

한 맺힌 목소리가 하늘 높이 울리고 있었다.

분노와 증오가 담겨진 조선군 지휘관의 이야기 앞에서 왜국 백성들은 그 어떤 말도 잊은 채 침묵만을 지킬 뿐이었다.

그 앞에서 조선군 지휘관은 조선이 전쟁을 막기 위해 최선을 다하였음을 그들에게 하였다.

"우리 조선은! 이 전쟁이 있기 전에 너희들의 지도자에게 사과와 포로 송환! 백성들을 돌려보낼 것을 요구하였었다!! 이러한 주장을 한 것이 과연 잘못된 것인가?!! 아니면 우리의 주장을 거부하고 우리의 침공을 불러들인 너희들의 지도자가 잘못된 것인가?!!!! 둘 사이에서의 선택이 어찌 되었건! 우린 너희들이 불가피하게 벌어진 전쟁에서 무고한 이들의 희생을 막으려고 최선을 다하였다!! 또한 우리 때문에 괴로워할 너희들에게 최선을 다하려고 한다!! 이것이 잘못된 것인가?!!!"

"……."

또 한 번의 외침에도 왜국 백성들은 침묵 지켰다. 그를 본 지휘관은 소금에 절여진 코를 상자 속으로 넣으며 다시 한 번 크게 외쳤다.

슥.

탁.

"전쟁에 대한 책임은 우리 조선이 책임질 것이다!! 허나! 전쟁으로 인해 벌어진 사과는 절대 하지 않을 것이다!! 이번 전쟁과 그 피해에 대한 사과는! 전적으로 너희들이 떠받들어 왔던 지도자들이 해야 할 것이다!!!"

"……."

왜국 백성들을 향해 마지막 말을 전하였다.

왜국 백성들을 상대로 울분을 터트렸던 지휘관은 상자를 장교에게 넘긴 채 그대로 등을 돌려세웠다.

척척척척……!

빠른 발걸음으로 지휘관이 자리에서 벗어났다.

왜국 백성들은 다시 고개를 돌린 채 줄을 서기 시작하였다.

"다음!!"

상인의 목소리가 울려 퍼졌다.

사람들의 줄 사이에 조선군에게 울분을 터트렸었던 남성이 서 있었다.

그는 조선군이 주는 식량으로 삶을 이어가고자 하였다.

때는 초여름이었다.

쌀이 떨어지고 보리가 여물지 않은 계절, 때문에 사람들은 그 같은 계절을 보릿고개라고 불렀다.

비단 조선만 그런 것이 아니었다. 조선 보다 비교적 따뜻한 환경을 지닌 장강 유역도 매한가지였다.

따뜻한 기후 탓에 2번 농사를 지냄에도 그들 또한 작물 수확 시기의 차이에서 식량 부족을 몸소 느끼고 있었다.

 곡물 상회 앞에서 명국 백성들이 언성을 높이고 있었다.

 "뭐요? 아니, 작년만 하여도 이 정도 돈이면 쌀 한 섬을 살 수 있었는데, 어째서 값이 세 배까지 뛴 것이오?"

 "옳소! 혹시 담합한 것이 아니오?! 해명하시오!!"

 백성들의 항의는 거의 시위에 가까울 정도로 거세게 일고 있었다.

 그들 앞에서 상회의 단주는 어색한 미소를 보이며 사정을 설명하였다.

 "조선에서 곡물을 사가는 바람에 어쩔 수가 없었소이다. 현재 우리 상회뿐만 아니라 다른 상회에서도 마찬가지니 이런 사정을 이해해 주시오."

 "아니, 그깟 코딱지만 한 나라가 무슨 곡물을 그렇게까지 사?"

 "믿기지 않는 일이지만 사실입니다……."

 "뭐요~?"

 사정을 설명해도 명국 백성들이 이해하기엔 어려움이 있었다.

 그들은 상회의 단주가 담합을 하였다고 가정하고 관아

로 신고를 하겠다면서 엄포를 놓았다.

"관아에다가 고할 테니, 알아서 하시오!!"

"어디 한 번 경을 치러보시오!!"

"…….."

폭언을 서슴지 않는 백성들 앞에서 상회의 단주는 겁 하나 먹지 않고 담담한 표정을 지었다.

어디 한 번 신고를 해보아라, 신고를 해도 달라지는 것은 없다, 라는 것이 상회의 단주가 지닌 생각이었다.

그렇게 명국의 관아로 백성들의 신고가 들어왔고, 관아로의 신고로 인해 주익균에게로까지 식량 부족 사태가 알려지게 되었다.

그로부터 수일이 지나서였다.

점령지를 상대로 본격적인 선정 전략이 이뤄지고 있었다.

때문에 명국 남경에 모여든 식량은 전부 조선을 통하여 외국으로 실려 가는 상황이었다.

진린을 필두로 하여 남경 상인에게는 비명을 지를 만큼 좋은 소식이었다.

하지만 명국 백성들 입장에서 볼 땐 조선의 식량 매입

만큼 비극적인 일도 없는 일이었다.

한 해의 예산이 명국의 예산을 넘어설 정도로 성장한 조선이었으니, 조선이 사들이는 곡물, 식량의 양은 그야말로 천문학적인 수준의 양이라 할 수 있었다.

때문에 명국 전체의 곡물 가격이 요동치게 되었고 곡물을 제외한 식량 가격 전체에서 파도가 일렁이게 되었다.

그로 인하여 명국 백성들이 구입할 수 있는 식량은 지극히 소량이라 할 수 있었다.

때는 장마가 끝나갈 무렵인 초여름이었다. 남방 지역을 제외하고서 쌀과 보리가 바닥나는 시기인 그때에 명국 백성들은 주린 배를 참고서 몇 달을 버텨야만 하였다.

그러한 시기에 명국에서 굶어 죽는 백성들도 생겨나니, 그에 관한 보고가 만력제(萬曆帝) 주익균(朱翊鈞)에게까지 알려졌다.

자금성(紫禁城) 중겁전(中极殿)에 명국의 대신들이 모인 가운데 명국 황제 주익균이 식량난에 관하여 회의를 진행하고 있었다.

명국의 재정을 담당하는 호부상서(戶部尙書)가 주익균에게 명국 식량 상황을 전하고 있었다.

"현재 조선에서 식량을 사들이고 있는 덕분에, 명국 내

식량 가격이 전에 비하여 3배 이상 뛰어올랐다 하옵니
다…! 덕분에 백성들은 높은 식량 가격 탓에 식량을 구입
하지 못하고 굶주리고 있는 상태이옵니다…! 이에 대한
조치가 있어야 한다 사료되옵니다……!!"

편전 중심에서 호부상서가 보고하니 주익균은 고개
를 끄덕이며 조선에서 식량을 사들이는 이유를 물었
다.

"짐이 알기로 조선에서 사들이는 식량의 양은! 그들이
먹고살기에 배에 이를 정도로 많은 것으로 알고 있다! 헌
데 어찌하여 이렇게까지 식량을 구입하는 것인지! 짐에
게 설명할 수 있도록 하라……!"

그에 외교를 담당하는 예부상서(禮部尙書)가 나서 주
익균에게 이유를 설명하였다.

"현재 조선은 지난 전쟁의 책임을 무로 왜국을 공략
중에 있사옵니다…! 더불어 그들이 왜국 백성들의 민
심을 얻으려 함이니…! 왜국 백성들을 위한 선정을 위
해 아국으로부터 식량을 구입하는 것이라 사료되옵니
다……!!"

"으음……."

예부상서의 이야기에 주익균은 고개를 끄덕이며 동의
를 하였다.

직후 그는 예부상서에게 물어 자신이 어찌하면 좋을 것

인지에 대해 물었다.

"허면 짐이 경에게 물으니, 짐이 조선에게 어찌해야 되는 것인가?"

그의 물음에 예부상서는 단호한 말투로 조선에게 전쟁을 중단케 할 것을 주청하였다.

"조선의 왕에게 일러, 현재 치르고 있는 전쟁을 중단하라 이르시옵소서…! 그를 조선의 왕이 받아들이지 않을 경우! 현재 조선이 사들이고 있는 식량 거래를 중단케 하시옵소서…!! 그렇게 하셔야만 이 나라의 백성들이 평온해질 것이옵니다……!!"

"음……!!"

예부상서의 이야기에 주익균은 다시 한 번 고개를 끄덕이며 공감을 나타냈다.

이번에는 음지에서의 도둑질 따위가 아닌, 정식 외교 협상이었다.

주익균은 신료들 뒤편에 껴 있던 이를 불러 그에게 공적을 딸 기회를 주고자 하였다.

주익균은 유정을 불러 세웠다.

"병부우시랑!"

"예. 폐하……!"

"병부우시랑에게 짐이 황명을 내리니! 조선으로 향하여 조선왕에게 짐의 명을 전할 수 있도록 하라!!"

"존명!!"

병부는 군(軍)에 관한 일을 보는 부서였다. 때문에 예부 상서가 나서서 유정이 나서는 것이 바람직하지 않음을 전하였다.

"폐하…! 나라 간의 외교는 자고로 예부에서 담당하는 법이옵니다…! 어찌하시어 병부우시랑을 불러서 그에게 외교권을 부여하는 하시는 것이옵니까…? 신이 생각하기에 최소한 예부에 소속된 이가 가야 함이 옳은 일이라 사료되옵니다……!"

그에 주익균이 또 다른 이를 불렀다.

"예부각사난중은 짐 앞에 올 수 있도록 하라……!"

"예! 폐하!!"

주익균의 부름에 서광계(徐光啓)라는 이름을 지닌 이가 편전 중심으로 나아가 허리를 굽혔다.

그는 포르투갈 신부 마테오 리치(Matteo Ricci)로부터 세례를 받은 명국인 최초의 천주교도라 할 수 있었다.

또한 예부에 관한 직위 중 4번째 직위인 예부각사난중(禮部各司郎中)에 해당하는 이로서 나라 간의 외교 일체를 담당하기에는 직급에 부족함이 있는 이라 할 수 있었다.

그에게 주익균이 황명을 전하였다.

"예부각사난중 서광계에게 짐이 황명을 내리니! 예부 각사난중은 병부상서와 함께 조선으로 향하여 조선왕 이혼에게 짐의 뜻을 전할 수 있도록 하라……!"

"존명……!!"

관례에 맞지 않는 이와 부족한 직급을 지닌 이를 보냄으로써 명국의 위엄을 보이려 하였다.

주익균은 예전에 당했었던 치욕을 조선에게 돌려주고자 하였다.

회의가 끝난 후 유정과 서광계는 천진(天津)으로 발걸음을 옮겨 배편 위로 몸을 실었다. 그리고 뱃길을 따라 황해를 건넌 뒤 개경으로 향하여 조선왕에게 황명을 전해주었다.

개경 행안궁 임시 편전에 조선의 각 신료들이 모여 있었다.

임시 편전 중심에 이혼이 머리를 조아리고 있었고 용상 앞에 유정이 서서 그에게 황명을 전하고 있었다.

"조선왕은 들으라!! 지난 전쟁에서 조선이 피폐해진 바! 어찌하여 또다시 전쟁을 일으켜서 조선의 백성을 핍박하는가?! 나 대명국의 황제 주익균은 조선왕의 만행을 더 이상 지켜볼 수 없음이니! 당장 전쟁을 중단하고서 왜국과 화평을 도모토록 하라! 그렇지 않을시 짐은 조선으로 수출되는 모든 식량을 통제케 할 것이다……!!"

좌르륵…….

펼쳤던 첩을 말았다. 그리고 그것은 김한호의 손을 거쳐서 이혼의 손으로 옮겨지게 되었다.

유정은 용상에 서서 이혼을 내려다보며 크게 미소를 짓고 있었다.

'네가 잘난들 소국의 왕일뿐이다…! 어디 한 번 황명을 거역해보아라……!!'

곤장을 맞았었던 기억이 떠올라 엉덩이가 화끈해지고 있었다.

유정은 이혼의 입에서 황명을 받들겠다는 말이 나오기를 기다렸다.

그리고 그의 얼굴이 치욕감으로 일그러지기를 기다렸다.

그러한 유정 앞에서 이혼은 여유 만만한 표정을 내보였다.

그는 곁에 서 있던 김한호에게 당당한 말투로 질문하였다.

"영의정."

"예. 전하."

"경이 생각하기에 명국의 황제가 아파할 수 있는 조선의 제제가 무엇이라 생각하는가……?"

"……."

이혼의 질문에 유정과 서광계의 표정이 일그러졌다. 그들 앞에서 김한호는 회심의 미소를 지으면서 명국 황실이 가장 아파할 수 있는 제제 방법을 말하였다.

"명국으로 수출되는 비누와 사치품들의 수출을 통제하시옵소서. 차라리 포도아 상선을 불러들여 그들에게 비누를 비싼 값에 파는 것이 이득인 줄로 아뢰옵니다. 전하……!"

"……!!"

김한호의 이야기에 명국 사신단이 크게 놀라움을 보였다.

비누라는 물건은 어떠한 물건인가, 바로 자신들이 아침마다 세안을 할 때 쓰며 마누라와 여식의 행복이 결정되는 물건이었다.

그와 같은 물건은 오로지 조선에서 생산되는 것이니, 그를 이용하지 못함은 명국 황실뿐만 아니라 명국 사대부들에게도 심히 괴로운 것이었다.

그 부분을 김한호와 이혼이 정확히 알고 있었다.

이혼은 유정에게 말하여 주익균의 황명을 비꼬았다.

"이 나라는 이 나라를 피폐하게 만들었던 이들을 벌하는 중이오. 우린 왜국에게 먼저 사과를 할 것과 관련자 처벌을 하라 이르며 외교적인 최선을 다했었소. 그러함에도 왜국은 우리의 정당한 요구를 묵살하였으니, 그들을 공격하고 죄를 묻는 것이 원칙이 아니겠소? 한데 어찌하여 이 나라에 내정간섭을 행하고 원칙을 깨게 하려는 것이오? 그것도 대국의 위신을 깎아먹는 협박으로 말이오."

"뭐, 뭐요……?"

명나라를 욕보는 듯한 이혼의 말투에 유정이 이맛살을 찌푸렸다. 그의 앞에서 이혼은 주익균의 뜻대로 하라 말하였다.

"어디 한 번 황제의 뜻대로 해보시오. 식량 수출을 틀어막는다면 우린 사치품 수출을 틀어막겠소이다. 그리고 그 사치품을 포도아 상인들을 통해서 팔겠소. 그것도 마음에 안 들어서 힘으로 제압하고자 한다면 그리해보도록 하시오. 내가 볼 땐 이 나라 머리맡에 있는 여진이 가만히 있진 않을 것 같소! 하하하하하~!!"

"크, 크윽……!!"

"하하하하하~!!"

이혼의 웃음소리를 따라 임시 편전 내 모든 대신들이 웃음을 터트렸다.

그 앞에서 유정은 마치 자신이 굴욕을 느꼈다는 듯이 깊은 불쾌감을 내보였다.

그는 노기 어린 발걸음을 옮기며 임시 편전의 문을 열고 나가버렸다.

쿵쿵쿵쿵!

드륵~!!

열린 문을 통하여 명국 사신단이 유정을 따라 나갔다.

보다 한산해진 편전 안에서 이혼은 용상 위로 올라가 엉덩이를 밀어 넣었다.

그리고 조정 대신들에게 말하여 명국이 쇠약해졌음을 전하였다.

"이 나라가 개국되었을 때만 하여도, 명국이란 나라는 그 어느 부분에서도 이 나라보다 뛰어났던 나라였노라. 한데 어찌하여 지금은 이 지경이 되었는지 원… 쯧쯧쯧~"

입으로는 혀를 차고 있지만 입가에는 미소가 서려 있다.

그를 보면서 조정 대신들은 통쾌함을 느낌과 더불어 그들을 보면서 미래의 안위를 보살펴야 한다 말하였다.

좌찬성 이항복이 이혼에게 충언을 올렸다.

"명국 사신이 전하 앞에서 거드름을 피우지 못했었던 것은 명국이 약해진 것도 있겠사오나, 이 나라가 강성해진 것도 있사옵니다. 때문에 전하께선 이 나라가 강해진 이유를 다시 한 번 살펴보시옵시고, 명국이 약해진 이유를 다시 살펴봐주시옵소서. 그렇게만 하신다면 이 나라는 더욱 큰 나라가 될 것이옵니다. 전하."

"옳도다. 경의 말을 내 깊이 새겨들을 것이노라⋯⋯!"

이항복의 충언에 이혼은 고개를 끄덕이며 깊은 공감을 하였다. 직후 그는 명국 사신들을 어떻게 할 것인지를 물었다.

"과인이 보기에 명국 황제의 행동이 괘씸하긴 하나, 이래나 저래나 명국은 이웃 국가이노라. 때문에 면전에서 기 싸움을 벌이긴 했지만 과인은 이번 상황을 조용히 넘기고자 한다. 하여! 신료들에게 묻나니! 명국이 이 나라에 내정간섭을 하려는 이유와 그들을 달랠 수 있는 방법을 과인에게 알릴 수 있도록 하라⋯⋯!"

위엄 넘치는 말투로 조정 대신들에게 질문을 하였다. 그에 예조판서 정온이 나섰다.

"신! 예조판서 정온! 전하께 내정간섭의 이유를 알리겠사옵니다⋯⋯!"

"말하라⋯⋯!"

이혼이 발언을 허락하였고 정온이 내정간섭의 이유를 설명하기 시작하였다.

"현재 명국의 식량 가격은 우리 조선의 식량 수입으로 인해 식량 가격이 치솟은 상황이옵니다. 때문에 명국 백성들은 기아에 허덕이고 있으며 그를 구실 삼아 명 황실

이 이 나라를 통제함과 동시에 식량 사정 악화를 막으려
고 하는 것이옵니다."

"허면, 전쟁을 유지해야 함과 동시에 명국으로부터의
식량 수입을 유지해야 하는 이 나라는 어떠한 방식으로
그들을 설득해야 하는 것인가?"

"그, 그건……."

정온의 답변에 이혼이 되물었고 그의 물음에 정온은 대
답하길 망설이며 해결책을 찾고자 하였다.

그때 김한호가 나서서 이혼에게 해결책을 제시코자 하
였다.

"신, 영의정 김한호. 전하께 명국 사신들을 달랠 수 있
는 방법을 알리겠사옵니다."

그날 저녁 김한호의 저택에서였다.

조선의 당당함과 이혼의 오만함을 목격했던 유정은 행
안궁 인근에 위치한 임시 태평관(太平館)에 돌아온 뒤 고
함을 터트리며 분노를 터트리고 있었다.

"으아아아~!!! 으아아~!!!"

"……."

"감히 일개 왕 따위가! 대명국 황상 폐하를 능멸하다

니!! 어떻게 이런……!!"

쾅!!

서광계가 지켜보는 앞에서 유정은 탁자를 내리치면서 노기를 억누르고 있었다.

유정은 조선에서의 보고가 황제에게 닿았을 때를 가정하며 맞은편에 앉아 있던 서광계에게 물었다.

"이 일을 황제 폐하께 알렸을 때 우린 어찌 되겠소? 예부난중?"

그의 물음에 서광계는 굳은 표정을 지으며 말하였다.

"물론 엄청 노하실 겝니다… 그 불똥이 대신들에게 튀지 않길 바랄 뿐이지요… 특히 병부우시랑 어른께선 저번의 일도 있고 하니 그리 좋진 않을 겝니다……."

"……."

서광계의 이야기에 유정은 표정을 더욱 어둡게 하였다.

그는 자신을 한 번 용서해 준 황제가 다시 한 번 용서해 주지 않을 것이라 여기고 있었다.

"이대로 돌아갈 순 없소…! 만약에 돌아가게 된다면… 나, 나는……!"

"……."

출세는 둘째 치고 목숨이 유지되길 바라고 있는 그였다.

그의 앞에서 서광계는 안타까운 표정을 짓고서 한숨을 내쉴 뿐이었다.

그렇게 어찌할 바 모르며 아까운 시간만 보내고 있었다.

그때 사신단에 속한 하급 관리가 어떠한 소식을 들고서 방 안으로 뛰어 들어왔다.

뚜벅뚜벅…! 척!

"예부 난중 어르신! 조선의 영의정이 서신을 보내왔습니다!!"

"……?!"

관리의 이야기에 유정과 서광계가 놀라 고개를 돌렸다.

두 사람은 관리가 건네 준 서신을 펼쳐 그를 천천히 읽기 시작하였다.

행안궁에 있었던 일은 잠시 잊고, 조선과 명국을 위한 방도를 생각해 보도록 합시다.

예부각사난중은 금일 술시 정각에 저의 저택으로 오기 바랍니다.

대화를 위하여 자신의 집으로 오길 바라는 초대장이었다.

그러한 서신의 내용 안에 직급이 훨씬 높은 유정이 빠져 있음이니, 유정은 인상을 찌푸리며 그가 뒤끝을 발휘하고 있노라 말하였다.

"하여튼 쫌생이 같긴⋯⋯."

자신이 벌였었던 지난 일은 잊은 듯하였다. 그런 유정 앞에서 서광계는 그가 함께 가지 않을 것인지를 물었다.

"함께 가지 않으시렵니까?"

그에 유정은 손사래를 치며 말하였다.

"내가 가봐야 별 도움이 안 될 거요. 괜한 분노에 협상을 엎어버리지나 않으면 다행이지⋯⋯."

"⋯⋯."

유정의 이야기에 서광계는 말없이 고개를 돌렸다. 그는 태평관에 모든 사신을 남기고서 혼자서 김한호의 저택으로 향하였다.

쿵쿵쿵⋯⋯.

문고리를 두들기며 김한호의 저택 대문을 흔들었다. 직후 대문이 열리며 김한호의 저택에서 일하는 만복이 모습을 드러내었다.

끼익~

"누구신지⋯⋯?"

만복의 앞에서 서광계는 능숙한 조선어를 발휘하며 자

신이 명국 사신임을 밝혔다.

"난 명국에서 온 서광계라고 하네. 너의 주인이 나를 초대한 바, 너의 주인과 대화하기 위해 이렇게 오게 되었네……."

"알겠습니다요. 잠시만 기다려주십시오……."

"크흠……."

만복이 사라지자 서광계는 헛기침을 하며 그가 돌아오기만을 기다렸다.

얼마 지나지 않아 만복이 다시 모습을 드러내니 그는 서광계를 이끌고서 김한호에게 대령해주었다.

마당 중앙에 서광계가 서 있었고 대청마루 위에 김한호가 당당한 모습을 하고서 서 있었다. 그는 서광계에게 마루 위로 올라오라 말하였다.

"신발을 벗고 마루로 올라오십시오. 여기 시원한 곳에서 술이나 한잔하도록 합시다."

"크흠……."

김한호의 앞에서 서광계가 다시 헛기침을 하였다.

그는 디딤돌 위에서 신을 벗은 뒤 김한호가 앉아 있는 대청마루 위로 올랐다. 그리고 비어 있는 주안상 앞 방석 위로 엉덩이를 내리며 김한호와 함께 면전을 마주하였다.

하늘이 붉어지며 노을이 지기 시작하였다.

김한호는 술병을 들어서 일단 한 잔부터 하자 말하였다.

슥…….

"기왕 하는 거 속에 있는 것을 비운다는 생각으로 말합시다."

"……."

슥…….

김한호를 따라 서광계가 술병을 들었다.

두 사람은 거의 동시에 술잔 안으로 술을 넣은 뒤 같이 그것을 입에 털어 넣었다.

"크으~ 캬아~"

"으음…….'

차분하게 술을 마시는 서광계와 달리, 김한호는 깊은 술 맛을 느끼며 호들갑을 보였다.

그의 앞에서 서광계는 김한호를 폄하하며 어째서 그가 재상직에 있는 것인지에 대해 의문을 내보였다.

'어째서 이렇게 어린 자가 한 나라의 정치를 이끄는 수장이 된 것인가…? 이렇게 경박하기 이를 데 없는데…….'

행동 하나를 보면 열 가지를 안다고 김한호의 모습 자체는 기존 사대부와 차이가 있는 모습이었다.

사대부 보다는 평민에 가까운 그의 행동이었다. 그러한

김한호의 앞에서 서광계는 아리송한 표정을 짓고 있었다.

"……."

그때 김한호가 미소를 보이며 말하였다.

"너무 그렇게 짐승 보듯이 보지 마십시오. 그래도 전하로부터 외교 협상 전권을 받은 사람입니다. 엄연히 이 나라의 영의정이고 말입니다."

"크흠……."

김한호의 이야기에 서광계가 다시 헛기침을 터트렸다. 그의 앞에서 김한호는 편안한 미소를 보이며 그의 목에 걸린 묵주를 가리켰다.

"십자가군요. 혹시 천주교도입니까……?"

"맞습니다… 헌데, 천주교도인 것을 어찌 알았습니까? 아직 이 나라엔 천주교에 관한 것을 모르고 있을 텐데 말입니다."

김한호의 물음에 천주교 세례까지 받았었던 서광계가 고개를 끄덕이며 되물었다.

그의 물음에 김한호가 노을 진 하늘을 바라보며 말하였다.

"이 나라 사람들은 몰라도 저는 알고 있지요. 그리고 천주라는 이름 아래에서 사람이 행한 선행과 악행들을 대충은 알고 있습니다. 정확히는 아니고 말이죠."

"……."

천주교가 행했던 악행과 선행을 안다는 이야기에 서광계가 고개를 갸웃거렸다.

그는 김한호에게 그것이 무엇인지를 물었다.

"천주교가 행한 선행과 악행이 무엇입니까…? 악행은 처음 듣는 것입니다만……?"

그의 물음에 김한호는 미소를 지으며 천주교의 역사를 말하였다.

"예수에 관한 이야기는 천주교도라면 모두가 알 것입니다. 그리고 저 또한 그의 희생정신과 사랑, 자비에 대해선 존경하고 믿고 있습니다. 그것이 아마도 천주교에서 행한 선이겠지요. 하지만 이후 천주를 믿는 이들의 행동 중에 그와 상반되는 행동들이 있었습니다. 지금으로부터 수백 년 전에 있었던 이슬람과의 전쟁이 그를 대표하는 것이겠죠…. 예수와 천주를 믿지 않았다는 이유 하나로 천주의 이름을 마음대로 빌려서 수많은 사람들을 학살하였었던 일들을 말입니다……."

"이슬람이라면……?"

"알라라는 신을 믿는 서역 지방의 종교입니다. 천주교라는 종교가 유일신만을 인정하는 종교니, 천주교에서 볼 땐 이단에 해당하는 집단이 되겠지요. 물론 이슬람에서 볼 때도 마찬가지겠지만 말입니다."

"허어……."

세례를 받을 때 듣지 못했었던 이야기에 서광계는 놀라운 표정을 보였다.

그는 김한호의 이야기를 반신반의하면서 그가 천주교의 양면성을 이야기하는 이유에 대해서 알고자 하였다.

"해서, 천주가 불완전하다는 것인지요? 나는 영의정이 이에 대한 이야기를 하는 이유가 궁금합니다."

그의 물음에 김한호는 쓴웃음을 지으며 말하였다.

"내가 말하는 것은 굳이 천주가 불완전하다라고 하는 것이 아닙니다. 불완전한 것은 사람이다 보니 어떻게 보면 악귀의 유혹에 걸려서 별의별 악행도 할 수 있는 것이지요. 심지어 천주의 사제라고 할지라도 말입니다… 그리고 그러한 유혹 속에서 죄악을 저지른 이가 있으니 그가 왜국 땅에 있는 셈입니다……."

"왜국에 말입니까…? 그게 누굽니까?"

왜국 땅에서 천주의 이름으로 악행을 저질렀던 이가 있다는 말에 서광계는 깊은 관심을 내보이며 그를 알고자 하였다.

김한호는 다시 한 번 쓴 미소를 내보이며 그의 이름을 말하였다.

"소서행장, 고니시 유키나가입니다……."

"……!!"

김한호의 답변에 서광계는 크게 놀란 표정을 지었다.

그는 김한호에게 다시 질문을 하며 고니시 유키나가가 천주교도인지를 물었다.

"저, 정녕, 소서행장이 천주교도인 것이오?"

그리고 그의 물음에 김한호는 고개를 끄덕이며 그의 악행을 알렸다.

"예. 맞습니다. 세례명은 아우구스티노, 그의 딸의 이름은 마리아이며, 그의 군기는 십자가 문양을 사용합니다. 그리고 그의 가신들과 사병들 역시 천주교를 깊이 신봉하는 이들이지요. 또한 그들의 손에 이 나라의 백성들이 도륙되었었고 겁탈을 당했었으며 코가 베였었습니다… 이 일에 대해선 예부난중은 어떻게 생각합니까?"

"……."

김한호의 물음에 서광계는 침묵해버리고 말았다.

그는 천주를 믿는 자가 행했었던 악행에 그저 침묵을 지키며 안타까워할 뿐이었다.

그러한 그를 보며 김한호는 고니시 유키나가를 단죄할 것이라고 하였다.

"천주를 믿지 않는 자와 천주의 자녀가 살생을 저지르는 것, 둘 중 어느 이가 더 악한 것이겠습니까? 천주의 입장에선 천주의 뜻에 따라 기준이 달라질 수도 있겠지만 사람 입장에선 분명 후자의 악행이 더욱 짙다고 말 할 것입니다. 아니, 주를 믿지 않는 경우, 어떠한 계기로든 천주를 믿으면 축박을 받게 되지만, 천주의 이름 아래에서 자신의 안위를 위해 악행을 벌인 자는 천주조차도 결국엔 그를 심판하는 것으로 알고 있습니다… 천주의 경전에는 대략 그런 류의 심판이 많이 쓰여 있는 것으로 아는데 혹시 나의 생각이 틀린 것인지요?"

"……."

여유 만만한 표정으로 재차 묻는 김한호의 앞에서 서광계는 이전과 같이 침묵만을 지켰다.

그를 바라보며 김한호가 다시 이야기를 이었다.

"그래서 이 나라는 소서행장을 결단코 용서하지 않을 것입니다. 더불어 외교적으로 최선을 다했음에도 사과를 하지 않고 용서조차 빌지 않는 왜국을 우린 절대로 용서하지 않을 것입니다… 이러한 결정에 대해서 천주교도로서 혹은 사람의 입장으로서 어찌 생각하십니까?"

마지막 질문이었다.

그 질문은 세상의 그 어떤 논리로도 반박할 수 없는 내용이 담겨져 있었다. 때문에 명국의 입장을 전하러 온 서광계는 김한호의 논리에 휘말려서 깊은 분노를 드러내기 시작하였다.

그는 천주의 이름으로 천주의 이름을 욕보인 자를 단죄해야 한다고 말하였다.

"지금 내가 느끼고 있는 이 분노는… 어쩌면 천주의 뜻일지도 모릅니다… 해서 나는 영의정의 주장과 이 나라 조선의 입장을 분명히 지지하고 싶습니다…….."

"……!"

서광계의 단호한 말에 김한호는 화색을 내보였다. 하지만 서광계의 이야기는 아직 끝나지 않았다.

"그러나!"

"……?"

"나는 조선을 지지하더라도, 대명국 황상 폐하께서는 지지하시지 않으실 겝니다. 때문에 나는 대명국 황상 폐하의 뜻을 받들어 이 나라의 전쟁을 중지 시켜야만 합니다. 나는 그 어느 나라의 백성도 아닌 대명국 백성들을 지켜야 합니다. 또한 굳이 지금이 아니라 차후에 심판할 수 있는 기회도 있다고 생각합니다."

직후 김한호가 서광계의 의견을 존중하면서도 반대를 하였다.

"존중하겠습니다. 하지만 전쟁을 그만둘 순 없습니다… 소서행장과 왜국을 심판하기에 지금 만큼 좋은 기회도 없습니다… 때문에 그들을 우리 손으로 심판하고 우리에 대한 심판을 하늘에 맡기도록 하겠습니다……."

"……."

김한호의 주장에 서광계는 깊은 침묵으로써 존중을 표하였고 반대를 표하였다.

어떻게 보면 양쪽 어느 누구도 양보할 수 없는 가치가 있었다.

하지만 외교 협상의 꽃은 양쪽의 가치를 유지하면서 이뤄내는 절충에 있었다.

김한호는 그를 실행코자 하였다.

"절충해보도록 합시다. 조선은 전쟁 유지를 하고 명국 백성들은 식량 부족에서 벗어날 수 있는 방식으로 말입니다."

"좋은 방법이 있습니까?"

"생각 좀 해보겠습니다. 그 이전에 마루에 불부터 키도록 합시다. 만복아~!"

붉은 노을이 검푸르게 변하고 있었다. 김한호는 썰렁해져 있는 마당을 향해 목소리를 높이며 만복을 불렀다.

얼마 지나지 않아 서광계에게 대문을 열어주었었던 만복이 모습을 드러냈다.

"대감마님~! 부르셨습니까요~?"

"그래, 만복아. 이제 밤이니, 발전기를 돌리거라."

"예. 대감마님."

김한호로부터 지시를 받은 만복은 즉시 저택 뒤편으로 달려가 발전기 안으로 석탄들을 집어넣었다.

시간이 지나 발전기로부터 증기가 솟아오르니 김한호는 때가 되었다고 판단하여 대청마루 천장에 달려 있는 전구에 전원을 올렸다.

그러자 대청마루가 환해짐과 더불어 서광계의 눈이 커지게 되었다.

팟.

"음……?!!"

천장에서 빛을 내는 전구를 보며 천지개벽을 본 것처럼 놀라움을 보였다.

직후 서광계는 김한호에게 물어 천장에 달려 있던 것이 예의 그것인지를 물었다.

"내 알기로 조선에선 하늘의 별빛을 지상으로 내린다는 소문을 들었었습니다! 혹시 천장에 있는 저것이 그것입니까?!"

그의 물음에 김한호는 여유로운 표정으로 손사래를 쳤다.

"갖은 미사여구로 전구를 처음 밝혔을 때 했었던 말이지만, 하늘에 있는 별을 내린다거나 하는 그런 것은 아닙니다. 그저 이런저런 기술 개발을 하다 보니, 빛을 낼 수 있는 전구라는 것을 개발했을 뿐이지요."

"으음……!!"

김한호의 이야기를 듣고서 서광계는 다시 한 번 천장으로 고개를 들어보였다.

그리고 마당 밖 담 너머로 보이는 길가 틈에서 빛나는 전등을 확인하였다.

그는 처음으로 조선이라는 나라에 대해 공포감을 느끼게 되었다.

'밤에도 이렇게 환하게 불을 밝힐 수 있다니…! 이렇게 되면 이 나라의 백성은 밤에도 학문에 매진할 수 있는 것이 아닌가……?!!'

학문을 연구함에 있어서 급가속을 붙여줄 기물(奇物)이었다.

그리고 그러한 결과로써 명국의 학문 수준과 조선의 학문 수준에서 차이가 생겨날 일이었다.

그는 명국에서 취할 협상 조건을 말하였다.

"지금 빛을 발하고 있는 것을 우리 명국에게 주십시오. 이거라면 황상 폐하께서도 충분히 납득하실 것이라고 생각합니다."

그의 이야기에 김한호는 쓴 웃음을 지으며 말하였다.

"허면, 명국 백성들은 어찌 되는 것입니까? 내 알기로 이번 협상의 문제는 명국 백성들의 허기가 문제인 것으로 압니다만……?"

"그, 그건…….."

명국 백성들의 궁핍과 연관되지 않는 기물은 절대 협상의 대상이 되지 않는다고 김한호가 지적하였다. 그에 서광계가 창피함을 느끼며 말을 더듬거렸다.

그는 이내 생각을 고치고서 명국 백성들을 위할 그 무언가를 찾고자 하였다.

"아, 알겠습니다… 잠시 빛을 발하는 저 물건에 홀려서 나의 생각이 흐려졌습니다… 허면 우리 대명국의 백성들을 구하기 위해선 어떻게 해야 하겠습니까? 조선이 그를 도울 수 있는 방법이 있습니까?"

다시 진지하게 명국 백성을 위한 협상 조건을 물었다.

그의 물음에 김한호는 잠시 생각을 하다가 서광계에게로 다시 질문을 하였다.

"하나 물어볼 것이 있는데 남방 지역에서의 추수는 언제 끝납니까?"

직후 서광계가 명국 남방에서의 추수 시기를 전하였다.

"남방 지역은 1년에 2번 농사를 지내니, 아마 한 달 뒤면 추수가 끝날 것입니다."

"음······."

서광계의 답변에 김한호는 잠시 고민을 하였다.

그는 조선뿐만 아니라 인류 전체를 위하는 것도 그다지 나쁘지 않을 것이라고 여겼다.

'하기야 이 나라만 잘 먹고 잘 살기엔 좀 이기적이긴 해··· 기왕 잘 먹고 잘 사는 거, 세계 사람들도 그럴 수 있다면 일단은 좋은 거겠지······.'

딱!

"······?"

생각을 마치면서 손가락을 튕기니, 서광계는 김한호에게로 다시 한 번 이목을 집중시켰다.

그의 앞에서 김한호는 절충안을 제시하였다.

"앞으로 한 달간 식량 구입을 중단하고, 명국 남방에서의 추수가 끝나면 다시 식량 수입을 재개하겠습니다. 일단 올해는 그렇게 하도록 하고 다음 해에도 명국의 식량 부족 사태가 벌어질 수도 있으니, 올해는 조선에서 생산된 비료들을 명국에게 지원토록 하고, 우리가 갖고 있는 비료 제조 기술, 농기구 제작 기술들을 명국에게도 알려주도록 하겠습니다. 이에 대해선 어떻게 생각합니까?"

"비료라고 말입니까······?"

비료라는 이야기에 서광계가 의문을 표하였다. 김한호

는 조선에선 이미 흔해진 비료에 관해서 설명하기 시작하였다.

"작물 성장에 필요한 요소들을 포함한 깻묵 같은 것입니다. 작물 성장을 돕게 함과 동시에 그 열매 또한 배의 양으로 만들어주는 것이지요. 그러한 비료 생산 기술을 전해 줄 테니 그것으로 이번 협상을 절충하는 것이 어떻겠습니까?"

"음……."

김한호의 절충안 제시에 서광계는 깊은 고민을 하며 주익균의 반응을 예상하였다.

애초에 사신단이 파견된 이유 자체가 명국 백성들의 식량 부족 탓이었었던 만큼, 그를 해결하고 미래를 보장할 수 있다면 충분히 협상을 진행해도 무리가 없다고 판단하였다.

남은 것은 비료가 지닌 효력 증명이었다. 서광계는 마지막으로 그 부분을 의심하였다.

"정녕, 비료를 사용하면 작물 생산이 배에 이르는 겁니까?"

그의 의심에 김한호가 당당한 말투로 답하였다.

"이 나라의 영의정이자 비료 개발 생산을 지휘했었던 내가 보증하는 사항입니다. 어떻습니까? 절충안을 받아들이겠습니까?"

"음……."

김한호의 재차 물음에 서광계는 다시 고민을 하였다.

하지만 이내 생각을 정리하고서 김한호에게 답변을 전해주었다.

"좋습니다! 대신 반드시 식량 생산이 2배 이상으로 증산되어야 할 것입니다……!"

"하하하~ 나의 이름을 걸었으니 믿으십시오. 반드시 그리될 것입니다……!"

서로가 미소 지으며 의견 일치를 보였다.

김한호는 술잔을 들어 보이며 조선과 명나라의 축복을 기원하였다.

"명국과 조선의 미래를 위하여!"

"위하여!! 하하하하~"

웃음소리가 그득하였다.

조선과 명국 사이에서 불거졌던 문제가 김한호의 기치로 인하여 다시 한 번 녹아내리게 되었다.

그로부터 수일 후 서광계와 김한호가 논하였었던 사항이 외교 문서에 정확히 기록되었다.

행안궁 임시 편전 안에 조선의 대신들이 모인 가운데, 편전 중앙에 유정과 서광계 명국 사신단이 서 있었다.

용상 위엔 이혼이 앉아 협상문을 읽으니, 그는 협상문

에 국새를 찍은 후 그것을 유정에게 건네주었다.

이혼은 그 어느 때보다도 밝은 표정을 하고 있었다.

"돌아가서 황제 폐하께 잘 전해주시오. 나와 이 나라 대신들은 명국의 은혜를 잊지 않고 있다고 말이오……."

"……."

슥…….

편안히 보이는 미소 뒤로 불편한 감정을 숨긴 유정이었다.

그는 이혼이 건네주는 첩을 받은 뒤, 그에게 예를 갖추고서 행안궁을 빠져나왔다.

그로부터 수일 후 자금성 중겁전에서였다.

조선으로 보낸 사신이 돌아왔다. 자금성 중겁전에 명국 대신들이 모여 있었고 그들의 중심에 막 복귀한 사신단이 서 있었다.

옥좌(玉座) 위에 주익균이 앉아 있었고 그는 조선으로부터 보내진 협상문을 찬찬히 읽고 있었다.

얼마 지나지 않아 주익균이 협장 전문을 모두 읽었다. 그는 첩을 내리고서 협상을 취한 이가 누구인지를 물었다.

"병부우시랑."

"예, 예… 폐하!"

"이 협상을, 도대체 누가 진행한 것인가……?"

그의 물음에 유정 뒤에 서 있던 서광계가 앞으로 나섰다.

서광계는 자신이 협상 항목 전반부를 설정하였다고 말하였다.

"신이 협상을 진행하였사옵니다… 폐하……!"

"예부각사난중이……?"

"예! 폐하!"

"후후후후…… ."

당당한 모습을 보이는 서광계의 모습에 주익균은 일순 미소를 지었다가 그의 얼굴로 첩을 집어던졌다.

"크앗!!"

퍽!!

"윽?!"

"……!!!!"

편전에 모인 대신들이 일순 사색이 되었다.

주익균은 이마를 부여잡은 서광계를 내려다보며 중겹전이 무너질 정도로 크게 소리쳤다.

"분명 짐이 말하길! 조선왕에게 전쟁을 중단하라는 황

명을 전하라고 명하였거늘!! 감히 얼토당토않은 협상문을 가지고서 짐을 능멸하는 것인가!!! 여봐라!! 당장 저놈을 끌고 가서 참하라!!!"

"폐, 폐하⋯⋯!!!"

서슬 퍼런 황명 앞에서 서광계가 당황하였다. 동시에 그를 둘러싼 대신들이 크게 술렁였다.

대신들은 바닥에 엎드리고서 주익균에게 서광계에 대한 선처를 청하였다.

"폐, 폐하~!! 예부각사난 중 서광계가 폐하의 명을 거역한 것은 사실이오나! 이 나라의 식량 부족을 막아 줄 수 있는 기술을 가져왔음이니! 그를 참수하시는 것은 과한 것이옵니다⋯! 신들이 목숨을 바쳐서 간청드리오니! 부디 서광계의 목숨만큼은 살려주시옵소서⋯⋯!!"

"지금 짐의 명을 뒤집고자 함인가?!"

"신의 충언을 곡해하지 마시옵소서! 서광계를 처벌하되 사형은 과하다는 생각이옵니다! 폐하⋯⋯!!"

"⋯⋯!!"

"폐하~! 예부각사난중 서광계의 목숨을 살려주시옵소서⋯⋯!!"

"크윽⋯⋯!!"

예부 상서를 필두로 그 외 대신들이 서광계의 구명을 간청하였다.

그에 주익균은 정치적인 판단으로 서광계를 살릴 수밖에 없는 위치에 놓이게 되었다.

그는 노성을 터트리며 서광계에 대한 처분을 정하였다.

"예부각사난중 서광계를 파직하고! 그의 무릎을 도려내도록 하라!! 서광계에게 공이 있다할 지라도 짐의 명을 거역한 죄를 온전히 메울 수는 없다!! 끌고 가라!!"

"옛!!"

척척척척⋯⋯!!

중겁전 외부를 지키는 금의위(錦衣衛) 병사들이 중겁전으로 뛰어 들어와서 서광계의 팔을 잡았다.

금의위 병사들에게 끌려가면서 서광계는 연신 주익균을 부르짖었다.

"폐하!! 폐하⋯⋯!!!!"

서광계의 모습이 멀어져 갔다.

그가 중겁전 문 밖으로 빠져 나가자 주익균은 옥좌 앞의 탁자를 걷어차며 분노를 표하였다.

퍽!!

콰르륵! 쿵!!

"으아아아아~!!!!"

용의 포효를 터트리며 주익균은 조선을 향한 복수를 다

짐하였다.

'이혼! 그리고 김한호!! 나 주익균은 너희 둘을 결코 용서치 않을 것이다!! 대명국 황제의 위엄으로 너희들의 사지를 반드시 찢어 놓고야 말 것이야!!!'

명과 조선, 두 나라를 잇던 동맹 관계가 양국 지도자에 의해 크게 일그러지고 있었다. 그리고 그 둘의 중심에 김한호가 위치해 있었다.

학익진

쿵! 쿵! 쿵! 쿵!

일본국의 지도자가 기거하는 쿄토고쇼(京都御所)에서 거친 발걸음이 일었다.

카타히토(周仁) 앞에서 관백 히데요리와 칠순 넘는 노장 시마즈 요시히로가 부복하였고 그들에게 카타히토가 직접 검을 수여하였다.

그는 두 사람에게 일러서 일본국을 침공해 온 적들을 격멸하라고 하였다.

"반드시 이 검으로 적장의 목을 베고, 이 나라를 지킬 수 있도록 하라."

"핫!!"

실권 없는 황제가 내리는 명이지만, 그러한 부분 하나하나가 비장감으로 뭉쳐질 일이었다.

천황(天皇)이라는 자로부터 직접 명을 받은 히데요리는 쿄토고쇼에서 나서는 대로 시마즈에게 전군 지휘권을 넘겼다.

"시마즈 장군… 장군에게 모든 것을 맡길게요…….."

"핫! 안심하십시오! 관백 전하!"

"……."

연륜에서 묻어나는 위엄이었다. 그러한 시마즈의 위엄 앞에서 히데요리는 걱정 반 믿음 반을 보이며 오사카로 발길을 옮겼다.

혼슈와 큐슈를 잇는 간몬 남쪽 해안에 조선의 대군이 상륙하였다.

그리고 그 소식은 며칠 걸리지 않아 오사카(大阪)로 알려지게 되었다.

도요토미 히데요시(豊臣秀吉)의 후계자 도요토미 히데요리(豊臣秀賴)에게 충성을 맹세하는 시마즈 요시히로는 카타히토와 히데요리의 명을 빌려서 혼슈 일대의 영주들을 끌어 모았고 그들의 병사들을 하나로 합쳐서 순식간에 30만에 육박하는 대군을 구성하였다.

아직 도착하지 않은 영주군이 오사카로 모여드는 가운데, 시마즈는 조선 땅에서 함께 싸웠었던 전우들을 만나고 있었다.

조선 한산 앞바다에서 이순신과 대결을 펼쳤었던 와키자카 야스하루(脇坂安治), 행주성에서 권율과 대결을 펼쳤었던 이시다 미쓰나리(石田三成), 칠천량(漆川梁)에서 원균(元均)을 상대로 대승을 거뒀었던 가토 요시아키(加藤嘉明)가 그들이었다.

그들은 서로의 얼굴을 마주하며 파악되지 않은 전황에 대해 이야기를 나누고 있었다.

조선군과의 대결에 대해 필승을 장담하였던 가토 요시아키가 총사령관을 맡은 시마즈 요시히로에게 조선군의 규모를 물었다.

"소집된 아군만 하여도 30만입니다. 도대체 조선 놈들이 얼마나 오기에 이 정도의 군세도 모자라 일본국 영지군 전체를 불러 모으는 것입니까?"

그의 질문에 시마즈는 인상을 굳히면서 답하였다.

"어제 조선군에 대한 첩보가 들어왔네만, 큐슈가 조선군에게 떨어지고 큐슈 영지군이 전멸했다는 소식이 있었네… 조선군의 규모조차 모르는 부정확한 첩보이지만, 그 첩보가 사실이라면, 지금 우리는 풍전등화의 상황이지 않겠는가……."

큐슈가 조선군에게 떨어졌다. 그 소식에 와키자카 야스하루가 놀라 눈을 크게 하였다.

"큐슈가 떨어졌다하면, 가토 장군과 고니시 장군도 패하였다는 것이 아닙니까?!"

"……."

와키자카의 질문에 시마즈는 침묵을 지켰다.

그는 두 영주의 운명에 대해서 확신을 갖지 못하고 있었다.

어쩌면 사지에서 빠져나와 돌아왔을 수도, 어쩌면 자신이 접했던 첩보가 거짓일 수도 있다 여기고 있었다.

7년 전, 조선에서 철군하기 직전까지 조선군을 상대로 패했던 적이 없던 장수들이었다.

때문에 시마즈는 그들의 능력, 그들의 경험을 믿고 있었다.

그렇게 쉽게 판단을 못 내리며 또 다른 영주들이 오길 기다렸다.

얼마 지나지 않아 세키가하라 전투에서 서군 총사령관을 맡았었던 모리 데루모토(毛利輝元)와 임진년 1차 조선 정벌군 총사령관을 맡았었던 우키타 히데이에(宇喜多秀家)가 모습을 드러냈다.

그들은 도요토미 히데요시가 직접 임명한 최측근으로써 고닌고분교(五人御奉行)라고 불리는 이들이었고 그

들이 데려온 병력은 무려 10만에 육박하는 대병력이었
다.

나이 30을 조금 넘는 젊은 영주 우키타 히데이에가 시
마즈에게 다가왔다.

그는 이전에 물었었던 가토처럼 조선군의 상황을 알고
자 하였다.

"적군의 규모는 어느 정도입니까? 그리고 그들의 위치
는 어디에 있습니까?"

그의 질문에 시마즈는 가토 요시아키와 와키자카에게
말했었던 것처럼 설명하려 하였다.

"적들의 규모는 아직 파…….."

그때 한 사무라이가 전력으로 달려오며 시마즈를 불렀
다.

"장군……!!"

"……?"

척!

시마즈의 앞에서 사무라이가 무릎을 꿇었다. 그는 큐슈
를 지키던 영주가 오사카에 당도하였음을 전하였다.

"장군!! 큐슈로부터 탈출해 온 모리 장군이 지금 막 도
착하였습니다!"

"모리 장군이……?!"

"핫!!"

큐슈 북동부 부젠국(豊前国)의 영주가 왔음에, 시마즈는 걱정 반, 반가움 반 정도의 반응을 보이며 사무라이가 달려왔었던 방향을 살피기 시작하였다.

얼마 지나지 않아 큐슈 부젠국(豊前国)의 영주 모리 가쓰노부(毛利勝信)가 2,000여 병사들을 이끌고 모습을 드러냈다. 그를 보며 시마즈가 그에게 큐슈군의 상황을 물었다.

"어찌 된 거요? 어찌 되었기에 모리 장군 혼자서만 오사카에 돌아온 것이오?"

"후우……."

시마즈의 질문에 모리는 고개를 내저으며 한숨을 쉬었다.

그는 막사 안에서 모든 것을 말하겠노라고 하였다.

"안에서 모든 것을 말하겠소. 영주들을 모아 주시오……."

"아, 알겠소……."

수심 깊은 모리의 반응에 시마즈는 잠시 당황을 하였다.

그는 지휘 막사 안으로 영주들을 불렀고 모리가 전해주는 조선군의 상황을 전해 듣기 시작하였다.

탁자 앞의 한 자리에 모리 가쓰노부가 앉아서 심각한 사실을 전하고 있었다.

그리고 일본국의 영주들은 그의 이야기를 깊이 새겨듣고 있었다.

"조선군의 총사령관이 누군지는 잘 모르겠지만, 적어도 육군은 권율, 수군은 이순신이오…. 그리고 그들의 병력은 최소 10만 이상, 전선의 수는 800척 정도라고 보면 될 것이오… 현재 큐슈는 조선군에게 점령 되었고 시코쿠에서 큐슈 영주들이 탈출하였다는 소식을 기다렸었지만 그러한 소식을 내가 들어본바 없소… 아마도 적들에게 생포, 전사했다는 것이 맞는 이야기겠지……."

"음……."

처음 접하는 상세 전황 앞에서 오사카 성 외곽 지휘 막사에 모인 영주들은 인상을 굳히며 긴장된 마음을 내보였다.

그들 사이에서 와키자카 야스하루가 처음으로 입을 열었다.

그는 조선의 바다에서 이순신과 수 합을 겨루었던 인물이었다.

"한 가지 묻겠소. 병력의 수와 전선의 수는 어떻게 추정한 것이오?"

그의 질문에 모리가 쓴웃음을 지었다.

"간몬에 상륙했을 때의 조선군이 딱 그 정도의 수였기

때문이오. 그 이후에 상륙할 병력도 있었을 테니 그와 같은 추정을 할 수 있는 것이 아니겠소."

"그렇다면 전선은 800척 정도에 후속군 최소 30만 명이라는 소리겠군……."

"아마도……."

"빌어먹을……!"

모리의 이야기에 와키자카가 욕을 내뱉었다.

분위기가 잔뜩 어두워진 막사 안에서, 유일하게 문관 출신인 이시다 미쓰나리가 조선군으로부터 가지게 의문점을 풀고자 하였다.

"내 알기로 조선군은 전 병력이 철포로 무장한 것으로 알고 있소. 그에 대한 정보가 있소이까?"

그의 질문에 모리는 공포스러웠었던 기억을 떠올렸다.

그는 두려움에 휩싸인 눈빛으로 영주들에게 조선군이 보유한 철포의 특징을 설명하기 시작하였다.

"적들이 상륙했다는 소식을 듣고서 병사들을 이끌고 상륙 지점을 공격하려 하였었소. 하지만 적들의 수가 너무 많아 먼 곳에서 그들의 상황을 관망하였었소… 그 때 적들이 우릴 발견했었는데 적들과의 거리가 약 200보 가량이었었소… 그런데도 적들은 주저하지 않고 나와 군사들에게 철포를 조준하고서 발포를 하였었소……."

차분하게 말하다가 그는 흥분을 보이며 온몸으로 두려움을 표하기 시작하였다.

"무려 200보였소! 그런데도 갑옷이 뚫리고 삽시간에 전사자들이 생겨났었소! 그뿐만인 줄 아시오?! 그들의 철포는 속사의 능력을 갖고 있었소이다! 장전 속도만 하여도 우리의 철포에 비해 10배에 이르고 있었소……!!"

"……!!"

모리의 설명에 영주들 전원이 크게 충격을 받았다.

승전을 장담하였었던 가토 요시아키가 크게 놀라 물었다.

"200보 거리에서도 목표물을 맞추는 철포라니?! 거기에 우리가 보유한 철포보다 10배에 이르는 장전 속도를 지녔다?! 혹시 잘못 본 것이 아니오?!"

"잘못 본 것이 아니외다… 내 눈으로 똑똑히 목격했었소…….'"

"그, 그럴 리가!!"

승전에 대한 믿음이 무너져가고 있었다.

자리에 모인 영주들 사이에서 저마다의 상상이 펼쳐지기 시작하였다.

'철포로 무장한 수십만 대군에… 화포로 무장한 전선 800척… 어떻게 그런 군사들을……?!'

'모리 장군의 이야기가 사실이라면, 우리는 이미 패한 것이나 다름없을 터……!!'

반신반의를 하면서도 벌써부터 패배감에 젖어들고 있었다.

그런 영주들을 보며 시마즈 요시히로가 주먹으로 탁자 위를 내려쳤다.

쾅!

"잡생각은 집어 치우게! 지금 우리에게 중요한 것은 우리가 지느냐 마느냐가 아니라! 적들을 상대로 어떻게 이기느냐 하는 것일세!"

"크흠……!"

"……."

시마즈의 일갈에 막사 안이 숙연해졌다.

시마즈는 와키자카에게 시선을 돌려서 그에게 제해권 장악을 역설하였다.

"그 누가 뭐래도 이 나라는 바다로 둘러싸인 나라네. 때문에 바다에서 적들을 막지 못하면 적들의 상륙 지점을 예측할 수가 없네. 이 말에 동의하겠는가?"

"지당한 이야기입니다."

시마즈의 이야기에 와키자카가 고개를 끄덕였다. 시마즈는 와키자카에게 이순신을 이겨낼 계책이 있는지를 물었다.

"지난 전쟁에서 자네만큼 이순신과 맞붙은 자가 없네. 전투의 결과는 둘째로 치더라도, 자네만큼 이순신을 아는 자도 없을 것이니 이순신을 이길 수 있는 계책이 자네가 혹시 갖고 있는가?"

"⋯⋯."

시마즈의 물음에 와키자카는 잠시 눈을 감고서 심사숙고하였다.

그러다가 자신 있는 말투로 이순신을 꺾을 계책이 있음을 알렸다.

"있습니다."

"오오⋯⋯!!"

와키자카의 대답에 영주들 사이에서 탄성이 흘러 나왔다.

그에 시마즈가 와키자카 야스하루에게 일본국 수군 전체의 운명을 맡기고자 하였다.

"자네에게 모든 일본국 전선에 대한 지휘권을 줄 터이니! 자네의 계책대로 이순신을 꺾어볼 수 있도록 하게!!"

"핫!!"

와키자카 야스하루의 위풍당당한 대답이 울려 퍼졌다. 그는 이순신을 상대로 위대한 복수를 감행할 생각이었다.

그의 복수전은 근대 이전 해전사(海戰史)에 있어서 사상 최대로 기록되어질 유일무이한 해전이었고 그 해전의 중심엔 성웅 이순신의 학익진(鶴翼陣)이 존재하였다.

천오백여 척에 이르는 대함대가 세토내해(瀨戶內海) 속에서 대결을 펼쳤다. 그리고 그러한 대결의 결과는, 전쟁이 일어나기 이전부터 이미 판가름 나 있는 것이었다.

때는 만력(萬曆) 34년 병오년(丙午年) 6월 13일이었다.

무수한 적선이 해협 너머 해안을 가득 메웠다.

공포와 두려움이 온몸을 저리게 하는 가운데, 고향을 지켜야만 하는 병사는 목숨을 걸고서 싸울 뿐이었다.

그날도 그렇게 임전태세를 갖추며 무기들을 준비하였다.

"화포들은 성벽 포문 앞에 배치해라!! 화살은 궁병들에게 배분하고! 화약은 철포병에게 배분하라!!"

"핫!!"

상관의 지시를 따라 앞으로 벌어질 대전에 만전을 기하

였다.

　자기들의 키만 한 활을 든 궁병들은 넉넉한 화살들로 해협 쪽을 겨누며 활을 예열하였고 화약을 받은 철포병들은 녹여서 만든 납탄을 깎아내며 전투준비를 하였다.

　이틀이 지났고 이틀 동안 모든 준비를 끝마쳤다.

　하늘에서 비가 내리기 시작하였다.

　투툭… 툭… 툭… 쏴아아아~~!!!!

　폭우가 쏟아지는 와중에도 병사는 망루에 서서 적들의 행동을 감시하였다.

　쏟아지는 비를 맞음에도 그들은 꿋꿋한 자세로 고향을 지키겠노라 다짐하였다.

　그렇게 그들은 적들이 오길 기다렸다.

　그들의 발아래에서 검은 그림자가 팔을 뻗었다.

　슥~ 푹!!

　"흡!!!"

　가슴에 꽂힌 칼 손잡이 아래로 빗물과 핏물이 섞여서 흘러내리고 있었다.

　검은 그림자가 병사의 입을 손으로 감았고, 침묵 속에서 비명을 지른 병사는 차츰 어둠을 느끼며 온몸의 기운을 떨어트리고야 말았다.

　털썩…….

쏴아아아~!! 번쩍!!

"……."

내려치는 번개에 검은 그림자가 모습을 드러내었다.

검은 그림자는 살기등등한 눈빛으로 숨을 거둔 병사를 내려다보고 있었다.

그는 망루가 위치한 해안 절벽 아래에 있는 동료들을 불렀다.

슥. 휙~ 휙~

손짓과 팔짓으로 수신호를 보냈다. 그러자 망루 아래에서 흑의(黑衣)를 입은 이들이 절벽을 타고 올라왔다.

격한 훈련을 통하여 암벽 등반을 배웠었던 그들은 적지의 절벽을 가볍게 올라 적들의 진지 안으로 몸을 들이 밀었다.

그리고 신속한 움직임을 보이며 목표물들을 향해 일신을 날렸다.

"지휘부를 가장 먼저 타격한다… 전령이 보이면 모조리 죽여라……!"

"옛……!!"

쏴아아아아~!! 콰르릉!!

천둥을 동반한 폭우 속에서 그들의 말소리와 움직임은 침묵과 부동으로 변할 일이었다.

그들은 하늘의 도움을 받았고 기어코 표적을 제거하고

야 말았다.

불빛이 흔들리는 지휘 막사의 막이 걷어 올려졌다.

촤악~!

"누구냐……?!!"

탕! 타탕!!

심장을 꿰뚫는 총성이 울려 퍼졌고 그와 함께 막사 안에서 피분무가 뿌려졌다.

이후 한 시진이 흘렀다.

진지를 지키던 이들이 모두 송장으로 바뀌었다.

관문해협을 감시하던 왜군 진지는 한 순간에 조선군 진지로 변모하였고 그로부터 반나절이 지나자 수 만이 넘는 조선군이 관문해협을 횡단하였다.

조선군 특전 사단은 혼슈 서쪽 일대를 교란시켰고 그러한 상황에 맞춰서 조선군 기병 사단이 남쪽 해안선을 따라 기동 돌파하였다.

조선군이 큐슈 상륙 초기에 벌였었던 전격전이 다시한 번 펼쳐진 셈이었고 그렇게 약 일주일 만에 조선군은 세토 내해 입구 히로시마(広島)까지 진출하게 되었다.

조선군 해군 함대 중 일부는 히로시마 남쪽 구레(吳)로 향하였다.

그리고 섬으로 둘러싸여진 천혜의 요새에다가 왜국 해

상권 장악을 위한 임시 해군 본부를 설치하였다.

그에 맞춰서 조선군 육군이 히로시마에 임시 육군 본부를 두니 혼슈 서쪽 일대는 조선군과 왜군의 최전선이자 조선군이 계획한 동진의 시작점이 되었다.

부산포로부터 출발되는 해상 군수 보급이 히로시마까지 원활하게 이루어졌고 왜국 입장에선 한시라도 빨리 조선군의 보급선을 끊어야만 하는 상태에 이르렀다.

그들은 조선군 해군을 그 어느 때보다도 제거하려 하였다.

그리고 그것은 그들이 말하는 해신(海神)을 꺾는 것을 뜻하는 것이었다.

시마즈 요시히로가 이끄는 일본국군은 조선군 해군에게 이기는 것을 최우선으로 두었다. 때문에 왜장들 중에서 수군 지휘에 능통한 와키자카 야스하루로 하여금 10만에 달하는 군병과 1천 척에 달하는 전선을 지휘케 하였다.

노량에서 500척 가까이 격침되었음에도 새삼 왜국의 국력이 느껴지는 부분이었다.

그리고 그러한 급보가 구례의 이순신에게 알려지게 되었다.

수백 척의 판옥선이 정박하기엔 다소 좁은 해변 안으로

줄과 널빤지로 연결 된 판옥선들이 있었다.

해변 위로 무수한 천막들이 세워져 있었고 그러한 천막들 사이에 지휘 막사로 사용되는 큰 천막이 있었다.

그 안에서 해군 제독들과 전단장들이 모여 동쪽으로부터의 첩보를 듣고 있었다. 해군참모본부 소속의 정보 참모가 지시봉을 들고서 큰 게시판에 걸린 지도를 가리키고 있었다.

"국가정보원의 첩보로서, 왜 수군 함대가 대판에서 출발하였습니다. 이틀 후면 뢰호 내해 서부 해역 입구로 접어들 것으로 예상하고 있으며 사흘이면 아군 임시 해군본부까지 진격해 올 것으로 예상하고 있습니다. 적장은 협판안치, 적선은 대중소선 합쳐서 약 1천 척에 달하는 것으로 파악되었습니다."

"으음……."

정보 참모의 설명에 이순신이 고개를 끄덕이며 다시 한 번 지도를 훑었다.

좌측편에 앉아 있던 1함대 사령관 입부 이순신(立夫 李純信)이 입을 열며 전력 증강을 조언하였다.

"지금 현재 이곳에 있는 함대는 3개 함대에 불과합니다. 5함대와 6함대를 불러서 함께 결전을 치르는 것이 낫지 않겠습니까?"

그의 조언에 이순신은 고개를 가로저으며 보급선 방어

가 우선임을 말하였다.

"이영남과 우치적은 아군 보급선을 보호하고 사국 서쪽 해상을 장악해야 하네. 그것은 아군에게 있어서 목숨줄 유지와도 같은 것이니 어찌 그들의 임무를 포기하게 만들겠는가? 적들과 싸우더라도 반드시 우리가 갖고 있는 함대로 맞서 싸워야 하네. 그리고 우리만으로도 그들을 이길 수 있지 않은가."

"맞습니다. 대제독……."

이순신의 의견에 입부 이순신이 동의를 표하였다. 직후 2함대 사령관 권준(權俊)이 출진을 하여야 한다 말하였다.

"뢰호 해역은 섬이 많아서 전략적 요충지 또한 많습니다. 적들이 그러한 요충지를 삼키기 전에 아군이 먼저 점령해야 됩니다. 섬이 많은 곳은 방어하기에도 쉽지만, 공격자 입장에선 해상 봉쇄를 하기에도 쉬운 곳입니다."

"옳은 말일세. 권 제독."

권준의 이야기에 이순신이 고개를 끄덕였다. 이후 연달아 3함대 제독 김완(金浣)이 질문을 하였다. 그는 전투를 행할 위치를 물었다.

"미리 생각하신 결전지가 있으십니까?"

그의 질문에 이순신은 탁자 위에 놓인 지도 쪽으로 눈

길을 떨어트렸다.

그리고 김충선이 건네주었었던 지도를 훑은 뒤 동그라미가 빼곡하게 차 있는 부분을 향해 손가락을 올렸다.

지도에 표시된 장소는 구례에서 반나절이면 닿을 수 있는 무수한 섬들이 존재하는 곳이었다.

그리고 그 곳은 세토 내해 서부 해역의 입구라고 할 수 있는 곳이었다.

그를 가리키며 이순신이 결의 찬 목소리로 말하였다.

"이곳에서 왜 수군의 운명이 판가름 날 것이네……!"

"……?!!"

함대 사령관들을 비롯하여 자리에 함께하고 있던 전단장들이 의문을 표하였다.

1함대 사령관인 입부 이순신이 우려를 나타내었다.

"그곳은 무수한 섬들로 이뤄진 곳입니다. 적선의 수는 우리보다 다수임이 분명한데 그들이 일부러 섬들로 둘러싸인 곳으로 들어오겠습니까? 더군다나 상대는 한산도에서 대제독의 유인책에 걸려들었었던 협판안치입니다."

그에 이순신이 의미심장한 말투로 자신의 생각을 전하였다.

"자네 말이 맞네. 아마도 오지 않을 것일세. 더군다나 해전에 능한 협판안치라면, 우리 조선의 함대가 보급선 호위를 위해 반으로 쪼개어진 것도 알고 있을 것일세. 그래서 그를 반드시 섬 안으로 끌어들여야 하네."

"어떻게 말입니까?"

이순신의 설명에 입부 이순신이 되물었다.

이순신은 자신의 가슴을 두들기며 자신만만한 표정으로 말하였다.

"나라면 족하지 않겠나."

"······?!!"

이순신의 이야기에 입부 이순신과 권준, 김완이 크게 놀랐다. 그들은 이순신이 가선 안 된다고 말하였다.

"안 됩니다! 대제독!! 아무리 유인책이라지만 이것은 너무나도 위험한 계책입니다!!"

"그렇습니다!! 아무리 안택선이라고 하여도 화포 두세 문 정도는 탑재할 수 있는 전선입니다! 행여 적들이 대제독을 찾아내어서 집중포격이라도 감행하면 어떻게 되는 것입니까?!"

"맞습니다! 행여라도 대제독께서 큰일을 당하시면, 이 나라 해군 전체가 술렁이게 됩니다! 그 뿐만이 아닙니다! 어쩌면 이번 전쟁의 향방이 크게 틀려질 수도 있습니다!!"

승전을 위해 사지로 뛰어들려는 상관을 극구 말리고 있

는 제독들이었다.

이순신을 말리고픈 마음은 전단장들 또한 매한가지, 이순신은 여유로운 미소를 보이며 반드시 그래야만 하는 이유를 역설하였다.

"적선이 1천 척일세. 그리고 그 정도의 수라면 왜국이 보유한 모든 수의 전선일 테지… 그러한 규모의 적을 언제 맞이하겠는가, 이번 전쟁을 단기전으로 끝내려면 우리는 반드시 왜 수군을 단번에 궤멸시켜야만 하네. 그리고 그 기회는 이번이 유일한 기회가 될 것일세."

"……."

이순신의 설명에도 제독들과 전단장들은 이해하지 못하겠다는 반응을 내보였다. 그들 앞에서 이순신은 이미 겪어봤었던 일들을 주지시키며 그들을 설득시켜 나갔다.

"명량에서의 13척, 나는 13척의 전선으로 100여 척이 넘는 왜군을 막아냈었네. 그와 같은 일이 나에게 있었는데, 적들에게도 일어나지 말란 법이 없네… 우리가 동진하면 동진할수록 우리의 함대는 다시 반으로 쪼개지고, 다시 반으로 쪼개어지게 될 걸세. 그렇게 나누어진 함대를 적들이 각개격파하지 말란 법이 없네. 더해서 그 같은 상황이 벌어지게 될 경우 육군은 보급 문제가 발생해서 이번 전쟁은 수렁 속에 빠져들 수도 있네. 때문에 반드시 이번을 기회 삼아 적선을 모조리 분멸해야 하네! 우리를 격멸하기 위해 적들이 모든 힘을 모은 이 순간! 우리에게 있어선 전쟁을 단기전으로 끌고나갈 유일한 기회가 될 것일세!"

"······."

이순신의 이야기에 입부 이순신을 비롯한 제독들은 침묵을 표하면서 이순신의 의견에 찬동을 하였다.

더 이상 그를 막을 여지가 사라졌다.

조선 해군이 수군이던 시절, 삼도 수군의 조방장(助防將)을 맡았었던 김완이 자리에서 벌떡 일어섰다.

슥······.

"함대로 돌아가서 출진 명령을 내리겠습니다."

"······."

슥······.

덜컥······.

김완을 따라 전단장들과 제독들이 연달아 자리에서 벌떡 일어섰다.

그들은 함대로 돌아가서 출진을 준비시키겠노라고 하였다.

"수리를 끝낸 화포들을 올리겠습니다······."

"돌아가서 대제독의 명을 전하겠습니다······."

결의에 찬 표정으로 지휘 막사를 빠져나갔다.

입부 이순신이 마지막으로 빠져나간 가운데, 이순신은 마지막까지 남아 있던 정보 참모를 불렀다.

"정보 장교."

"예! 대제독!"

"대장군에게 전령을 보내도록 하게."

"예! 대제독!!"

척!

저벅저벅……

군례와 함께 정보 참모가 자리를 비웠다.

이순신은 막사 안에 홀로 남아 최종 작전 명령문을 기록하기 시작하였다.

명령문에 쓰여지는 진형 이름엔 그 이름도 유명한 세 개의 글귀가 쓰여졌다.

그 글자는 학익진(鶴翼陣)이었다.

쏴아아~

철썩~!

섬들이 아름다운 바다 한가운데서 무려 1천 개에 달하는 하얀 물살이 일었다. 비장감 어린 마음이 세토 내해 바다 위에서 흩어져가고 있었다.

1천 척에 달하는 함대는 세계 어느 역사를 뒤져보아도 유례없는 대함대였다.

그리고 그러한 함대를 최초로 이끄는 이가 바로 협판안치, 와키자카 야스하루였다.

인류사에 길이 남을 대함대를 이끌게 된 그는 탐망선으로 세토 서쪽 바다의 상황을 파악하는 대로 함대를 지휘하는 대장선으로 제장들을 불렀다.

그리고 이순신을 꺾을 수 있는 유일한 계책을 그들에게 전하고자 하였다.

탁자 위의 지도 위로 총구를 통과한 아침 햇빛이 스며드는 가운데, 와키자카 야스하루가 작전 설명을 하고 있었다.

"반나절이면 세토 서쪽 바다로 진입하게 될 것이다. 그리고 우릴 기다리고 있을 적은 우리가 단 한 번도 이겨보지 못했었던 적이 될 것이다."

"이순신입니까?"

"그렇다. 그리고 우리는 그를 반드시 꺾어야만 한다."

"음……."

비장감 어린 기운이 감돌았다.

그들은 해신의 위명 앞에서 잔뜩 움츠려든 채 긴장된

모습을 보이고 있었다.

그들의 그러한 모습을 보며 와키자카 야스하루는 반드시 이길 수 있을 것이라고 말하였다.

"싸워보기도 전에 겁먹을 필요는 없다. 우리는 반드시 이순신을 꺾고야 말 것이다."

자신감 안에 두려움을 숨기고서 눈앞에 있는 부하들에게 전의를 심어주었다.

당당한 와키자카의 모습에 그를 따르는 가신 하나가 긴장을 조금 풀면서 질문을 하였다.

"이순신을 꺾을 계책을 알려주십시오. 이 한 목숨, 주군께 바치겠습니다······!"

씨익······.

부하의 결의에 와키자카가 미소를 지었다.

그는 지도 위에 표시된 세토 서부 해역 입구를 가리키며 이순신이 보유한 전력을 설명하였다.

"현재 이순신은 세토 중부와 서부를 가르는 섬들 너머에서 대기 중이다. 전선의 수는 약 300척, 우리에 비해 반도 안 되는 전선 수를 보유하고 있다."

"주군. 제가 알기론 적들은 800척에 가까운 대함대를 보유한 것으로 아는데 어찌하여 300척밖에 없는 것입니까?"

와키자카의 설명에 가신 하나가 깊은 의문을 표하면서

물었다.

그에 와키자카는 나머지 500척 함대의 위치를 추정하며 말하였다.

"알다시피 간몬에서 히로시마까지의 수로 길이는 장장 500리에 달하는 거리다. 때문에 나머지 함대의 위치는 후방 보급선 호위에 있다고 봐도 무방할 것이다. 또한 내 생각으로 150척 정도의 함대가 더 있을 것으로 판단하는데 아마도 150척의 위치는 혼슈와 섬이 접한 수로 쪽에 있으리라고 판단한다. 그곳이라면 조선 육군의 지원 속에서 아군 함대를 막을 수 있을 테니 말이야. 이해가 되었나?"

"핫!"

와키자카의 설명에 가신들은 납득을 하며 고개를 끄덕였다.

그는 다시 지도를 가리켰고 전투의 중요점을 설명하기 시작하였다.

"이미 들어온 정보를 종합하자면 이순신은 이곳 세토 서쪽 바다 입구에서부터 차단 작전에 들어가려 할 것이다. 이순신의 전술이라면 일자진 내지는 학익진으로 우리를 상대하려 할 것이다. 그리고 그가 지휘하는 함대의 위력은 내가 경험했었던 그 어떤 함대보다도 강력할 것이다… 우리가 비록 1천 척에 달하지만 이순신의 학익진에 걸려들면 반 시진도 못 버티고 함대의 반 수 이상이 격침될 수도 있다. 때문에 우리는 이순신의 학익진부터 별 피해 없이 무너뜨려야만 한다……!"

학익진(鶴翼陣), 그것은 와키자카 야스하루가 겪었었던 그 어떤 전술보다도 경악스러웠던 전술이었다.

학의 날개처럼 진형을 짜서 중앙에 위치한 적들에게 집중공격을 가하는 그야말로 포위 섬멸전의 꽃이라고 할 수 있는 전술이었다.

그리고 그러한 전술 앞에서 와키자카 야스하루는 한산도 인근 무인도에서 수일 동안 해초만을 뜯는 굴욕을 당했었다.

그러한 기억을 10년 넘도록 잊지 못한 그였다. 그는 이순신에게 반드시 복수를 행하리라며 다짐하고 있었다.

'이순신! 반드시 너의 학익진을 나의 함대를 깨부수어 주마!!'

그는 섬들이 즐비한 곳을 가리키며 이순신을 깨부술 비책을 전하였다.

"세토 서쪽 바다 입구에서 함대를 결집시키고 학익진을 구성한다. 전선에 탑재되어 있는 화포가 정면만을 공격할 수 있으니, 전선의 머리는 모두 학익진의 중심을 향하게 한다. 아마 이 그리고 수로를 따라 섬 너머에 있을

적들을 유인한다. 유인할 때는 이순신의 전 함대를 끌어
들여야 한다……!"

와키자카의 설명에 그의 가신이 충언을 전하였다.

"이순신이라면 쉬이 유인되진 않을 듯합니다. 뭔가 특
별한 미끼가 있어야 할 듯합니다."

그에 와키자카가 비장감 어린 말투로 말하였다.

"미끼는 보다 확실한 목표물이 되어야 한다. 누군가가
그러한 미끼 역할을 해야 한다."

"그 역할을 대체……."

"나다."

"……?!!"

미끼로 자신을 지칭하는 와키자카 앞에서 그의 가신들
모두가 눈을 크게 하였다.

가신들은 목소리를 높이며 와키자카가 미끼가 되는 것
을 극구 반대하기 시작하였다.

"안 됩니다! 주군!! 주군이 그런 역할을 맡으시다니!!
차라리 저희에게 미끼가 되라 하십시오!!"

"그렇습니다!! 만약에 주군께서 큰일을 당하시면! 이렇
게 결집한 전선들 모두는 무용지물이 될 것입니다!!"

"저희에게 미끼 역할을 맡기십시오, 주군!!"

와키자카 야스하루는 수하들의 충심이 대단한 자였
다.

그는 수하들의 충성을 확인하며 슬쩍 미소를 지었다. 직후 다시 표정을 굳히며 자신만이 미끼 역할을 할 수 있다고 하였다.

"나 말고 먹음직스러운 미끼가 있겠는가? 반드시 적들을 끌어들여서 우리의 전장에서 싸우게 해야 한다!"

"주, 주군……."

"……."

와지자카의 굳은 결심에 수하들은 입을 다물어버리고 말았다.

수하들 앞에서 와키자카는 다시 지도를 가리키며 마지막 설명을 이었다.

"적들이 학익진에 걸려들면, 이순신은 함대를 빼려고 할 것이다! 그리고 이순신의 함대가 다시 퇴각하는 순간! 우리는 전력을 다해서 그를 뒤쫓을 것이다! 아마 수로 최종 지점쯤이면 그들의 함대를 따라잡아 백병전을 치를 수 있을 것이다! 적들이 보유한 선수 선미 화포의 화력은 약한 편이니, 우리가 다소 피해를 입는다고 하여도 충분히 버텨낼 수 있을 것이야!"

"……."

와키자카 야스하루의 설명에 가신들은 눈빛으로 동의를 표하였다.

그들의 동의를 확인한 와키자카는 즉시 함대를 나눌 것

을 명하였다.

"함대를 나눈다! 그리고 내가 직접 이순신을 끌고 오겠다!"

결의에 찬 목소리가 일본국 수군 함대 위로 높이 울려 퍼졌다.

1천 척에 이르는 대함대 사이에서 움직임이 일었고 대장선을 포함한 100여 척의 함대가 섬들로 둘러싸인 수로로 진입하기 시작하였다.

쏴아아~

고요한 물결 위로 하얀 포말이 생겨났다.

산과 숲으로 이뤄진 아름다운 섬들 중심에 100여 척에 달하는 전선이 절경을 감상하면서 지나갔다.

그로부터 약 반 시진, 100여 척에 이르는 와키자카 야스하루의 함대가 세토 서쪽 바다로 진입하였다.

슈욱~!!

화약통을 매단 화살이 불꽃을 일으키며 하늘 위로 날아올랐다.

붉은색 연기가 하늘 위에서 흩어지자 그것을 확인한 이순신은 전 함대에게 진형 변경 명령을 내렸다.

"전 함대 학익진!"

"전~ 함대~ 학익진~!! 학~익~진~!!"

둥~! 둥~! 둥~! 둥~!

대장선 위에서 북소리가 울려 퍼졌다.

북소리에 맞춰서 조선 해군 2함대 전선과 3함대 전선들이 일시에 흩어지며 학의 날개 형상을 만들어냈다.

얼마 지나지 않아 섬들 사이 수로 속에서 이질적인 전선들이 모습을 드러내기 시작하였다.

와키자카 야스하루의 함대가 이순신의 학익진 속으로 진입해 들어왔다.

그야말로 천개가 넘는 화포가 와키자카 야스하루를 노리는 격이었다.

그를 보며 와키자카는 식은땀을 흘리면서 지난날들을 떠올려보았다.

수백 함포가 자신의 병사들을 수장시켰었던 일들을 기억해내고 있었다.

'예나 지금이나 귀신같음은 다를 바 없구나!! 허나! 오늘 있을 전투의 승리는 내가 가져갈 것이다!!'

쓰라린 기억 너머로 승전에 대하여 확신을 가졌다.

그리고 그러한 확식을 가지기가 무섭게 300여 척에 이르는 조선군 함대가 불을 뿜기 시작하였다.

"전 함대! 방포하라!!"

이순신의 묵직한 음성이 터져 나왔다. 직후 권준과 김완이 일제히 칼을 뽑아들면서 방포 명령을 내렸다.

"방포~! 방포하라~!!"

"전 함대 방포~!!"

빵! 뻐버벙!!

뻐버버버벙!! 뻐버벙!!

포성이 일었고 포연이 일었다.

세토 서부 해역으로 넘어온 왜선들 사이에서 나무 파편들이 비산하고 왜병들의 신체가 비산하기 시작하였다.

콰콰쾅! 콰쾅!!

펑!! 퍼펑!!

"으아악!!"

"크아악!"

콰쾅!! 콰콰쾅!!

쏴아아아~!!

선저가 뚫린 왜선들이 침몰하기 시작하였다.

단 한 번의 포격으로 30척이 넘는 전선이 완파 내지는 반파 되었다.

그 모습에 와키자카는 이미 예상을 했었음에도 경악을 터트릴 수밖에 없었다.

'정말 무서운 전술이다!! 단 한 번의 포격으로 어찌 이

런 피해가⋯⋯!!'

다시 한 번 봐도 믿기 힘든 광경이 펼쳐지고 있었다.

그사이 이순신은 전 함대에 일러서 배를 돌리라고 말하였다.

"배를 돌려라!!!"

"전 함대~! 선 회전~!!"

선측 한 쪽에서 화포 장전을 하고 있는 동안, 반대편 선측은 화포 장전을 끝마친 상태였다.

판옥선의 장점이 여지없이 보여지는 순간이었다. 이순신의 명령 직후 판옥선들은 노를 엇갈리게 저으며 배를 회전시키기 시작하였다.

꾸욱~ 끼익~!

둥! 둥! 둥! 둥!

"어여차! 어여차! 어여차!"

북소리에 맞춰서 격군(格軍)들이 힘차게 노를 저었다.

배가 회전되는 시기는 조선군의 화력에 공백이 발생하는 시기였다. 그를 놓칠 와키자카 야스하루가 아니었다.

그는 남아 있는 모든 왜선들에게 전력을 다하여 퇴각하라 명하였다.

"퇴각한다! 살고 싶으면 퇴각하라!!"

"퇴각!! 퇴각하라!!"

뿌우~!!

나팔 소리가 울려 퍼졌다.

와키자카의 퇴각 명령에 온전한 왜선들은 전우들을 버리고서 지나왔었던 수로로 되돌아가기 시작하였다.

그를 보고 있을 이순신이 아니었다. 그는 망원경으로 와키자카의 모습을 확인한 뒤, 전 함대에게 추격 명령을 내렸다.

"적들을 쫓는다! 전 함대! 돌격하라!!"

"전 함대 돌겨억~!! 돌격하라!!!"

둥! 둥! 둥! 둥!

그 어느 때보다도 빠른 북소리였다. 그리고 그러한 북소리에 맞춰 300여 척에 이르는 판옥선이 와키자카 야스하루를 뒤쫓기 시작하였다.

쏴아아~ 쏴아아~

하얀 거품을 일으키며 물살을 갈랐다.

바다 위에 떠다니는 왜병들을 밀어내고 판옥선은 섬들 사이의 수로로 진입하였다.

이순신의 두 눈 안으로 울창한 숲과 아름다운 절벽들이 보이고 있었다.

그리고 그러한 절벽 위에서 붉은 깃발이 휘날리고 있음을 확인하였다.

"……."

와키자카 야스하루가 통과할 때 숨어 있었던 깃발이었다.

그를 보면서 이순신은 수로 너머에 적들이 존재함을 파악하였다.

그렇게 약 반 시진이 흘렀다.

좁은 수로 끝자락으로부터 넓은 바다가 펼쳐졌다. 이순신의 함대는 세토 중부 해역으로 접어들었고 수로 입구에서 대기 중인 950여 척의 적선과 마주치게 되었다.

대기 중인 왜선은 수로 입구를 중심에 놓고서 반 원형진을 형성하고 있었다.

그것은 이순신이 와키자카 야스하루를 상대로 써먹었었던 학익진이었다.

그리고 그러한 진영의 중심으로 이순신의 함대가 뛰어들려 하였다.

본진으로 돌아온 와키자카 야스하루가 왜도를 뽑아들며 크게 목소리를 높였다.

"걸려들었다!! 전 함대 포격 준비!!"

"전 함대 포격 준비!!"

촤르륵~ 쑥~!

각 왜선 갑판 위로 지휘소가 있었고 지휘소 지붕 아래로 육중한 무게의 화포가 줄에 매달려 있었다.

왜병들은 화포 속으로 화약을 넣었고 포탄을 집어넣으

며 포격 준비를 취하였다.

 그사이 이 순신은 모든 전선에게 일러서 퇴각을 하라 명하였다.

 "퇴각하라!!"

 "퇴각!! 퇴각하라!!"

 둥! 둥! 둥! 둥!

 적들을 추격할 때만큼이나 박자 빠른 북소리였다.

 이순신은 와키자카 야스하루가 구성한 학익진 목전에서 재빠르게 함대를 빼내고자 하였다.

 그동안 장전을 마친 왜 수군 함대가 포성을 터트리며 조선군 함대의 일부를 부숴 나가기 시작하였다.

 "打ち方始め!!"

 "打ち方~! 始め~!!!"

 뻐버벙!! 뻐벙!!

 왜 전선 지휘소 지붕 아래에서 불길이 일었다. 그와 함께 하늘로 솟아오른 950여 개의 포탄이 추격전에서 선두에 나섰던 판옥선들을 순식간에 덮쳐나갔다.

 육중한 화포와 나무파편들이 판옥선 갑판 이곳저곳에서 튀어올랐다.

 쾅!! 콰콰쾅!!

 "크악~!!"

 "으아아아~!!"

콰쾅! 콰콰쾅!!

"배를 버려라!!"

퍼펑!

"으악~!!!"

불패를 모르던 조선군 병사들의 살점이 뜯겨나가고 있었다.

이순신이 지휘했었던 그 어떤 전투보다도 막심한 피해를 보이는 전투였다.

때문에 이순신은 아픈 속마음을 숨기면서 함대를 지휘할 수밖에 없었다.

그는 그 어느 때보다 결의에 찬 표정을 하고서 함대를 지휘하고 있었다.

"조난당한 아군은 나중에 구한다!! 전 함대!! 전력을 다해서 퇴각하라!!"

"퇴각! 전력을 다해서 퇴각하라!!"

둥! 둥! 둥! 둥!

정확도가 떨어지는 왜 수군의 포격임에도 무수한 포탄들 탓에 20척에 가까운 판옥선이 무력화가 되었다.

바다 위엔 판옥선의 파편들이 흩어져 있었고 그 위로 조선군 수병과 해병들이 떠다니고 있었다.

섬들을 사이에 두고 양 바다에서 폭풍 같은 전투가 치러진 가운데, 와키자카 야스하루는 이순신을 꺾고야 말았다며 자신에게 도취되고야 말았다.

전선의 속도는 조선군의 전선이 느렸고, 이순신의 학익진은 이미 분쇄되어 버린 상태였다. 그를 믿고 와키자카 야스하루는 전 함대를 이끌어서 이순신을 추격코자 하였다.

"전 함대!! 돌격하라!! 오늘 안으로 이순신의 목을 베고 조선의 수군을 수렁 속에 빠트릴 것이다!!"

"전 함대 돌겨억~!!"

뿌우~!!!

그 어느 때보다도 힘찬 뿔 나팔 소리였다. 그와 함께 이미 뱃머리를 수로 입구로 맞추어 놓았었던 왜선들은 조선군 함대의 꽁무니를 따라 전력을 다하여 질주하기 시작하였다.

쏴아아~! 쏴아아~!

270여 개의 포말 뒤로 950여 개에 이르는 포말이 뒤따랐다.

패주하는 판옥선들을 쫓는 맛에 왜병들은 행여라도 이순신을 이기지나 않을까 설레발을 치기 시작하였다.

입가가 귀에 걸리면서도 현실에 대해선 의심을 보이고 있었다.

"저, 정말 우리가 이순신을 이기는 거야?!!"

"보, 보면 몰라!! 지금 우리가 이순신을 뒤쫓고 있다고!!"

그렇게 반신반의 반 기대감으로 조선군 함대의 뒤를 쫓았다.

이순신의 함대는 세토 서부 해역 입구 앞에서 와키자카의 함대에게 따라잡히고야 말았다.

왜선의 눈먼 포탄이 조선군 함대의 최후방을 공격하였다.

뻐벙! 뻐버벙!!

첨벙! 첨벙!

쾅!!

"으아악!!"

"아이고오~!!"

왜군으로부터 발사된 십여 발의 포탄 중 한 발이 가장 뒤쪽에 위치한 판옥선 선미 갑판 위를 때렸다. 그에 병사들이 쓰러져서 뜯겨져 나간 팔을 잡았고 반 토막이 난 다리를 부여잡았다.

불행 중 다행이라고 공격을 받았던 판옥선은 파손만 갑판 위와 선실 일부만 파손되었을 뿐 크게 피해를 낸 상태는 아니라 할 수 있었다.

그런 모든 부분을 망원경을 통해서 이순신이 확인하고 있었다.

그는 예정된 위치로 전 함대가 들어서자 퇴각을 하던 전선들에게 일자진을 취할 것을 명하였다.

"전 함대!! 일자진을 취하라!!!"

"전 함대!! 일자진이다!! 일자진을 취하라!!"

"전 함대!! 일자진~!!! 일자진이다!!"

권준과 김완이 각자 칼을 뽑아들며 목소리를 높였다. 직후 전력을 다하여 도주하던 판옥선들이 일제히 자리에 멈춰 서서 북소리를 내기 시작하였다.

둥! 둥! 둥! 둥!

"어여차! 어여차!"

모든 전선 갑판 아래에서 격군의 기합이 터져 나왔다.

도주를 하던 판옥선들은 언제 그랬냐는 듯이 함 측편 화포들을 왜선들에게 순식간에 조준하였다.

그를 보면서 와키자카 야스하루가 콧방귀를 뀌었다.

그는 속도 빠른 왜선들이 조선군 함대의 포격을 이겨낼 것이라고 생각하였다.

"학익진에 비하면 일자진은 아무것도 아니다!! 전력을 다해서 조선군 함대로 돌진하라!!"

왜도를 뻗으면서 돌격 명령을 내리고 있었다. 그때 그의 곁에 있던 가신이 다급한 목소리로 그를 불렀다.

"주, 주군!! 하, 함정입니다!!"

"돌격하라!! 돌격하라!!"

"주군!!!!!"

"……?!"

가신이 두 번 외쳐야 할 정도로 와키자카는 흥분 상태 속에 있었다. 가신의 외침에 와키자카가 깜짝 놀라니 그는 자신의 가신을 보면서 직전에 뭐라고 말하였는지를 물었다.

"바, 방금 뭐라고 하였나……?"

그에 와키자카의 가신이 시체 같은 표정으로 급보를 전하였다.

"주, 주군!! 함정입니다!! 매복에 걸렸습니다!!"

"무, 무어라……??"

가신의 보고에 와키자카는 어리둥절한 표정을 지었다. 직후 가신이 섬 쪽으로 손을 가리키니 바다 복판에 있던 와키자카 야스하루의 두 눈 안으로 섬 해안선을 뒤덮은 조선군의 모습이 새겨졌다.

해안선에서 모습을 드러낸 조선군은 그야말로 육중한 화포와 신기전과 함께 포격 개시를 기다리고 있었다.

그야말로 사방으로 포위된 쪽은 와키자카 야스하루가 이끄는 950여 척의 대함대라고 할 수 있었다.

그 사실을 깨달은 와키자카 야스하루가 비명을 질렀다.

"하, 학익진!!!"

그의 비명과 함께 이순신은 위엄 넘치는 목소리로 공격 개시 명령을 내렸다.

적들을 겨눈 '一揮掃蕩 血染山河'라는 여덟 자의 글귀가 이국 바다 위에서 찬란하게 빛을 발하고 있었다.

"적들을 격멸하라!!"

"전 함대! 방포!! 방포하라!!"

"한 놈도 살려두지 마라!! 모조리 수장시켜라!!"

이순신과 함께 휘하 제독과 전단장들이 목소리를 높였다.

겹 횡렬로 배치되어 있던 판옥선에서 천둥소리가 일기 시작하였다.

뻥! 뻐버벙!!

뻐버버버벙!! 뻐버벙!!

동시에 섬 해안선을 가득 메운 육군 병사들이 백호포의 심지를 당기기 시작하였다.

"쏴!"

펄럭!!

뻐버버벙!! 뻐버벙!!

내리꽂히는 적기와 함께 포성이 터져나왔다. 직후 백호포와 동일선 상에 배치되어 있던 신기전에서 불꽃이 터지기 시작하였다.

치지지직~!!

슈슈슈슈슈슉~!!!

무수한 포탄들과 신기전의 화살들이 하늘로 날아올랐다.

그리고 그들은 머리를 왜선들로 향하여 비와 같이 쏟아져 내리기 시작하였다.

수로를 가득 메운 왜선들 사이에서 나무 파편과 사람 파편이 튀어 오르기 시작하였다.

콰쾅!! 콰콰콰쾅!!!

퍼퍼퍼펑! 퍼펑!!

쏴아아아아~!!

갑판이 비산하였고 선저로 바닷물이 밀려 들어왔다.

왜선들 위로 신기전의 화살들이 꽂혔고 왜병들의 갑옷과 갑판 위에서 무수한 폭발이 일기 시작하였다.

콰콰쾅!! 콰쾅!!

"으아아악!!!"

화염 폭풍이 몰아쳤다.

1차 포격을 끝낸 판옥선들은 이순신의 명명대로 배를 돌렸다.

"배를 돌려라!!"

"전 함대~! 선 회전~!!!"

둥! 둥! 둥!

북소리와 함께 장전되어 있던 화포를 왜선들에게로 조준하였다.

그리고 해안선에 배치된 백호포와 함께 재차 포성을 터트리기 시작하였다.

속사에 능한 후장식 화포의 위력이 세토 내해 해전에서 빛을 발하고 있었다.

"좌표 수정! 편각 358도 49분! 사각 38도 17분! 장약 4호!"

"편각 358도 49분! 사각 38도 17분! 장약 4호!! 탄알 일발 장전!!"

철컥!

육군 포병 연대에 소속 된 포반원들이 백호포에 포탄을 장전 시켰다.

직후 판옥선이 터트리는 포성에 맞춰서 포대장이 붉은 깃발을 휘둘렀다.

뻐버버벙~!!

"쏴!!!"

펄럭~!

뻐버버벙!! 뻐버버벙!!

불과 30초도 지나지 않아서 이뤄지는 재포격이었다.

그리고 그러한 포격 앞에서 와키자카 야스하루는 함대를 퇴각시켜야 한다는 사실 마저 잊어버리게 되었다.

콰콰쾅!! 콰쾅!!

'어, 어떻게… 이런 일이… 세상에 이런 학익진이 어디에 있단 말인가……!!'

터져나가는 나무 파편들을 바라보며 충격 속에 빠진 채 허우적거리고 있었다.

결국 그의 곁을 지키던 가신이 그의 어깨를 흔들며 그의 정신을 일깨우게 되었다.

"주군! 명령을 내려주십시오!! 주군!!"

"……!!"

가신의 외침에 정신이 깼다. 와키자카 야스하루는 자신을 깨운 가신에게 고개를 돌려서 남은 전선의 수를 물었다.

"사, 살아 있는 전선은 몇인가……?!!"

"아직 600척 이상은 살아 있습니다!! 명령을 내려주십시오!! 주군!!"

공격이든 퇴각이든 택해야 할 상황이었다.

와키자카 야스하루는 주위를 둘러보고서 병사들을 살릴 수 있는 방법을 택하고자 하였다.

그는 전 함대에게 일러 함대를 둘러싼 섬으로 상륙을 하라 명하였다.

"전 함대!! 섬으로 상륙하라!! 해안선에 있는 적들을 격멸하고! 생존을 확보하라!!"

"전 함대!! 상륙하라~!!!"

뿌우~!!!

왜선들 사이에서 상륙 깃발이 휘날렸다.

뽈 나팔 소리와 함께 해안선 주변에 있던 왜선들이 섬으로 뱃머리를 돌리기 시작하였다.

촤아악~! 촤아악~!

생존을 위한 물질이 일었다.

왜선들의 격군은 전력을 다하여 해변으로 배를 접근시켜 나갔다.

그를 가만히 보고 있을 조선군이 아니었다.

해안선에 배치되어 있던 조선군 병사들은 저마다 메고 있던 소총을 벗어다가 총탄을 장전하기 시작하였다.

해안선 곳곳에서 장교들의 외침이 울려 퍼지고 있었다.

"적들이 온다!! 전군 교전 준비!!"

"교전 준비!! 교전 준비!! 소총탄을 장전하라!!"

철컥! 철컥!

허리춤에 있던 탄약집에서 총탄을 끄집어내었다. 그리고 종이 탄피로 싸여진 총탄을 환 일식 소총의 약실에 장전시켰다.

화포 운용에 필요한 사필요원(射必要員)을 제외하고서

모든 병사들이 바다를 향해 횡렬로 늘어섰다. 그들은 장전 된 소총으로 적선을 조준하였고 적선으로부터의 다리가 해변으로 내려지기만을 기다렸다.

얼마 지나지 않아 왜선들이 해변으로 밀려들어왔다. 왜선들로부터 다리가 내려졌고 열어젖혀진 문 안에서 왜병들이 쏟아져 나오기 시작하였다.

"와아아아~!"

찰박찰박! 찰박찰박!

옅은 파도 위로 분무가 일었다.

천명 넘는 왜병들이 왜도를 뽑아들고서 해변 위를 질주하기 시작하였다.

그들을 상대로 조선군은 복수심 어린 눈빛으로 방아쇠를 당기기 시작하였다.

"방포 개시!! 한 놈도 살려두지 마라!!"

철컥!!

타타탕! 타탕! 타타탕!!

"왜놈들아!! 덤벼라아~!!"

동수에 가까운 조선군 병사들이 방포 개시 명령과 함께 막 상륙한 왜병들을 휩쓸었다.

퍽! 퍼퍽!

푸푹! 푹!

"헉!"

"으윽!!"

왜병들의 비명 소리가 해변 위를 가득 메웠다.

조선군의 총탄은 뛰어난 관통력으로 왜병들의 갑옷을 꿰뚫고 뒤에서 달려오는 또 다른 왜병마저 저 세상으로 보내고 있었다.

그야말로 왜군의 조총으로는 흉내도 못 낼 위력이었다.

그리고 그러한 조선군의 위력 앞에서 왜병과 사무라이들은 크게 공포를 느끼기 시작하였다.

아직 바다 위에 남아 있던 그들은 와키자카의 명령을 어기고 독단으로 퇴각하기 시작하였다.

"퇴, 퇴각하라!! 퇴각하라!! 여기에서 죽을 수 없다!!"

촤아아~! 촤아악~!!

가장 마지막으로 수로에 진입했었던 왜선들이 재빠르게 탈출을 감행하기 시작하였다.

그를 확인한 와키자카는 지휘소 난간을 두들기며 분통을 터트리고 있었다.

탁!

"저! 저!!"

손가락으로 가리키며 차마 말을 잇질 못하고 있을 때였다.

와키자카가 타고 있던 대장선 주변에서 나무 파편과 함

께 왜병들의 신체가 솟아올랐다.

콰쾅!!

"으아아악!!!"

곁에 있던 호위선이 피격당하였다.

아직 조선군의 포격은 끝나지 않았다.

와키자카의 곁을 지키는 가신이 목소리를 높이며 퇴각을 부탁하였다.

"주, 주군!! 더 이상 버티기 힘듭니다!! 퇴각해야 합니다!!"

"⋯⋯!!"

콰콰쾅!!

퍼펑!!

퇴각 명령을 청하는 사이에도 고립되어 있던 와키자카의 함대는 포격을 받고 있었다.

비교적 멀지 않은 곳에서 270척이 넘는 판옥선 함대가 불을 뿜고 있었다.

쿠쿵! 쿠쿠쿵!! 쿠쿵!!

"크윽⋯⋯!!"

일그러진 표정으로 이순신의 함대를 바라보았다. 와키자카 야스하루는 복수를 해야 한다는 마음을 접고서 패배를 확정지었다.

"퇴각한다! 전 함대! 북쪽 해상으로 퇴각하라!!!"

"퇴각하라!! 전 함대~! 퇴각하라~!!!"

뿌우우~!!

뿔 나팔이 울려 퍼졌다.

살아남아 있는 250여 척의 왜선들이 비어 있는 북쪽 수로로 선수를 틀었다.

물기둥이 곳곳에서 치솟는 와중에 와키자카의 함대는 전력을 다하여 북쪽 수로로 노를 저었다.

그렇게 와키자카는 사지에서 탈출하는가 싶었다.

북쪽 수로를 지나 조금 넓은 바다로 빠져나오자 섬 뒤쪽에서 매복하고 있었던 또 다른 조선군 함대가 모습을 드러냈다.

둥! 둥! 둥! 둥!

"학익진~!!!"

둥! 둥! 둥! 둥!

북소리와 함께 매복하였었던 조선군 함대가 학익진을 구성하였다.

그를 본 와키자카가 심장이 멈추는 듯한 고통을 느꼈다.

"어, 어째서… 이곳에?! 이곳에 저놈들이 있단 말인가?!!!!!"

보이지 않는 또 다른 함대가 있을 것이라고 판단하였었다.

그리고 그 함대의 위치는 세토 서쪽 바다로 진입하는 길목 앞에 있을 것이라고 판단하였었다.

그러한 와키자카의 판단들이 모두 오판으로 끝났다.

애초에 보이지 않던 함대의 위치는 와키자카를 사냥하기 위한 위치에 있었다.

학익진을 펼친 조선군 함대 대장선 위로 '一'이라는 글귀의 깃발이 휘날리고 있었다.

칼을 뽑아든 입부 이순신이 패주 중이던 와키자카 야스하루에게 마지막 일격을 가하였다.

"전 함대~! 방포하라~!!! 한 놈도 살려두지 말라!!"

"전 함대~!! 방포~!! 방포하라~!!!"

뻐버벙!! 뻐버버벙!!!

방포 명령과 함께 1,500발에 달하는 포탄들이 날아올랐다.

무수한 포탄들이 왜선들을 덮치는 가운데, 그중 하나가 와키자카의 지휘소로 날아들었다.

하늘로부터 날아오는 포탄이 와키자카의 눈앞에서 마치 정지 된 것 마냥 천천히 날아오고 있었다.

"으아아아~!!!!"

콰쾅!!!

비명과 함께 와키자카의 지휘소가 비산되었다.

뿔 장식마저 부서져버린 그의 투구가 세토 바다 위로

천천히 떠다니게 되었다.

해전은 아직 끝나지 않았다. 이순신의 조선군 함대는 도주해버린 50여 척의 왜선도 끝내 격침시키고자 하였다.

세계 최강의 기동 함대가 사지에서 벗어난 이들을 뒤쫓고 있었다.

잔잔한 바다 위에서 거친 물살이 일고 있었다.

쏴아아아~!!

첨저(尖底)행태를 갖고 있는 왜선들은 조선군의 그 어떤 판옥선보다 빠른 기동력을 보유하고 있었다.

때문에 일부는 조선군의 매복 속에서도 살아남아 조선군의 추격을 뿌리치고서 넓은 바다로 빠져나올 수 있었다.

넓은 바다로 빠져나오자 왜선을 모는 사무라이들, 왜병들은 한순간에 긴장이 풀려서 주저앉고야 말았다.

스륵… 털썩……!

"후우……."

한숨이 절로 나왔다.

몇몇 왜병들은 떨리는 손을 확인하면서 조선군에 대한 공포를 재인식하고 있었다.

"살아생전에 이런 전투는 처음인 것 같아… 이렇게까

지 몰살을 당하다니……."

"이야기 못 들었어? 10년 전에 이순신이라는 조선의 장수가 우리 일본을 상대로 연전연승했다는 거 말야… 애초에 쪽수 믿고 덤비는 것이 아니었어……."

"후우……."

연신 한숨이 나오고 있었다.

살아남았다는 기쁨과 수하들의 공포를 확인하던 사무라이는 와키자카 야스하루가 무사하기만을 빌면서 패주 함대를 이끌 뿐이었다.

"……."

그는 침묵을 지킨 채 선수 앞에 서서 동쪽을 바라볼 뿐이었다.

그러한 때에 선미에서 소란이 일기 시작하였다.

경계를 뜻하는 뿔 나팔 신호가 울려 퍼졌다.

뿌우우우~!!

"적 함대~!! 적 함대 접근 중~!!!"

"……?!!"

적 함대가 접근해 온다는 말에 사무라이가 놀라 선미로 달려갔다.

그는 함대 후방을 감시하는 병사에게 물어 적 함대의 위치를 물었다.

"어디인가?! 어디에서 나타났나?!"

"저, 저기입니다……!!"

"……?"

견시병의 손짓을 따라 사무라이의 눈길이 옮겨졌다.

얼마 지나지 않아 사무라이는 살아남은 함대를 뒤쫓는 괴선박들을 발견하게 되었다.

그는 희미한 형상들을 근거 삼아 조선군의 판옥선과 형태가 다르다는 것을 파악하였다.

'판옥선은 아니다. 그럼 메구라부네인가……?!'

속도 빠른 조선군 함대의 모습에 사무라이는 패주선들을 쫓는 함대가 거북선들로 이루어졌다고 생각하였다.

하지만 그러한 생각은 괴선박들의 모습들이 뚜렷해지자 거두어졌다.

반 시진도 못 되어서 추격 함대는 패주중인 왜선들을 따라잡고야 말았다.

선두 청해선과 최후방 왜선이 접촉하였다.

청해선들을 이끄는 송희립이 칼을 뽑아들며 크게 외쳤다.

"전 함대 포문 개방!!"

"전 함대~!! 포문 개방~!!!"

끼익~

덜컥~ 덜컥~

송희립의 명령과 함께 선두함부터 차례대로 포문을 열기 시작하였다.

직후 이미 장전을 끝마쳐 놓은 함포들이 왜병들의 눈앞에서 모습을 드러냈다.

형태 괴상한 괴선박들 측편에서 무수한 화포 포구들이 모습을 드러내니, 그를 확인한 왜병들은 불안감에 휩싸이기 시작하였다.

"저, 저게 뭐야……?!"

"세, 세상에!! 화포잖아……!!!"

"……!!"

함대를 지휘하였던 사무라이는 무수한 화포의 숫자에 크게 놀라버리고 말았다.

그러한 놀라움도 잠시, 왜선들과 접한 청해선이 불을 뿜기 시작하였다.

대장선 위에서 송희립이 크게 외치고 있었다.

"전 함대는 장사진을 유지허여! 포구로 왜선들이 보이면 무조건 쓸어버리는 것이여!!"

"전 함대 방포!!!"

"방포~!! 방포하라~!!"

뻐벙! 뻥!!

뻐버벙!!

쿠쿵!! 쿠쿠쿠쿵!!

청해선 측편에서 불길들이 일었다. 포성의 충격파 탓에 바닷물이 반구형으로 밀려나갔다.

포탄을 뒤집어 쓴 왜선이 걸레조각으로 변하고 있었다.

콰콰콰쾅!! 콰콰쾅!!

"으아악~!!"

"커헉~!!"

퍼펑!!

나무파편과 살점들이 튀었다.

선두 청해선은 최후방 왜선을 반쯤 분쇄시켜 놓았고, 그 뒤를 따른 청해선들이 반파된 왜선을 완전히 파괴 시켜버렸다.

그러한 운명을 나머지 왜선들이 피할 수는 없었다. 그들은 청해선들의 포구가 조준되는 대로 무수한 포탄들을 맞으면 분쇄되어 나갔다.

바닥이 터져 나감과 동시에 함대를 이끌었던 사무라이가 하늘로 솟아올랐다.

콰쾅!!

"커헉!!"

단말마와 함께 깨지 않을 잠 속으로 빠져들고야 말았다.

그렇게 최후의 왜선 한 척마저도 세토 바다 아래에 모

조리 수장 되어버리고야 말았다.

그것은 위대한 해전사였고 신화로 남을 위명이었다.

대제독 이순신이 살아 있는 한, 그 어떤 이도 바다 위에선 그를 이길 순 없는 일이었다.

만력(萬曆) 34년 병오년(丙午年) 6월 13일.

그날은 왜 수군 전체가 이순신이라는 장수 한 명에게 몰살을 당한 날이었다. 그리고 그 날의 전투는 인류가 보유한 해전사에서 유일하게 전멸의 기록을 가진 전투였다.

6월 13일 이후, 조선군은 왜국 중심을 향하여 다시 한 번 빠르게 진격하기 시작하였다.

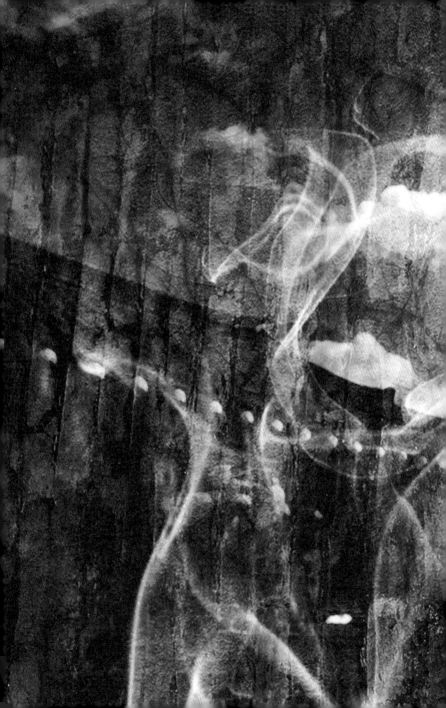

폭풍 속의 고요함

　초가집에서나 볼법한 아궁이 위로 검은 솥이 자리를 잡았다.

　솥 아래에서 불길이 위로 치솟아 오르는 가운데, 솥 위로 콩기름들이 둘러져서 고소한 향을 만들어냈다.

　그 위로 조청에 버무려진 약과가 기름에 빠져들었다. 약과는 금새 바삭한 기운을 내며 고운 갈색으로 변하였다.

　약과 위로 작은 잣들이 곱게 올려졌다.

　고운 손길이 다과 사이를 오갔다. 그때 고운 손길을 멈추게 하는 한 소녀의 목소리가 있었다.

"어머! 아씨! 지금 뭐 하시는 거예요?"

"뭐 하기는, 지금 이렇게 다과를 만들고 있지 않느냐."

다과를 만들던 여인, 황설영이 미소를 지으면서 자신이 하고 있는 행동을 설명하였다. 그에 소영이 몸 둘 바를 몰라 하며 말하였다.

"아이, 참~ 그런 것은 아씨께서 하시지 말고 저에게 시키세요~"

"내가 해야만 하는 것을 어찌 다른 이에게 미루겠느냐. 나에겐 이것 또한 행복이니 괜찮다."

"……."

미소를 짓는 황설영의 모습에 소영 또한 미소가 떠오를 일이었다.

그녀는 황설영에게 다가와 음식이 향할 곳을 넌지시 물었다.

"영상 대감 나으리께 드리는 건가요?"

끄덕.

"……."

얼굴 붉힌 황설영이 고개를 끄덕였다. 그녀의 모습을 본 소영이 두 손을 모으면서 감동을 하였다.

감동이라기보다는 한탄에 가까운 말이었다.

"에휴~ 저도 이렇게 아씨처럼 다과 만드는 날이 있었으면 좋겠어요~"

그런 소영의 모습에 황설영이 의아한 표정으로 물었다.

"혹시, 마음에 품고 있는 사람이 없는 것이냐?"

그에 소영이 고개를 끄덕이며 답하였다.

"없어요. 아니, 없을 수밖에요… 이렇게 초라한 저를 누가 관심이나 가져나 주겠어요~?"

스스로에게 자괴감을 보이는 소영이었다. 그런 그녀에게 황설영은 용기를 주고자 하였다.

"너도 조만간 좋은 사람을 만날 거다. 이 조선 땅 안에서 남자들도 많은데 설마하니 너와 맞지 않는 사람만 있겠느냐. 분명히 너와 맞는 너만의 정인이 있을 게다."

"그럴까요? 그렇다면 정말 좋겠어요~ 후훗~"

황설영의 격려에 소영이 웃었다. 직후 그녀는 화제를 돌려서 자신의 주변에서 일어나는 일에 관심을 보이기 시작하였다.

전장에 나가 있는 이순신에 대한 일이었다.

"대감 마님께선 무사하실까요?"

"……."

이순신을 걱정하는 소영의 마음에 황설영의 입이 굳어졌다.

그녀는 자신의 양부(養父)가 무사할 것이라 굳게 믿고 있었다.

'분명히 무사하시겠지…….'

그녀는 침묵을 지키며 조용히 다과를 요리하였다. 그리고 그것을 들고서 행안궁에 있는 김한호에게로 향하였다.

자신의 믿음이 현실이 되기를 그녀는 바라고 있었다.

임진년(壬辰年)에 시작된 이래 약 7년 동안 이어져왔었던 일기 작성은 단 하루도 빠지지 않고 끊임없이 이루어져왔었다. 그리고 무술년(戊戌年)을 끝으로 일기는 다시 작성된 적이 없었다.

그랬었던 일기가 7년이 좀 더 지나서 다시 작성되기 시작하였다.

일기 안의 내용은 여전히 간략하였고 여전히 고뇌가 담겨 있었다.

6월 13일. 맑다.
협판안치가 와서 함대를 끌고 나가 맞이했다. 피해가 있었지만 적들은 살아남은 자가 없다.
바다 위로 빠진 군사를 최대한 구했으나 구하지 못했던 이들도 있다.

밤에 돌아와서 휴식을 취했다.

스르륵······.

내려져 있던 장막이 걷어졌다.

막 일기를 썼던 이순신의 눈앞에 정보 참모가 다가와 있었다.

그는 왼 가슴 위로 손을 올리면서 군례를 올렸다. 그리고 이순신에게 자신을 부른 이유를 물었다.

"부르셨습니까? 대제독."

그에 이순신이 곱게 접혀진 종이를 넘겼다.

"전하께 보낼 장계일세. 전령으로 하여금 개경으로 보내질 수 있도록 하게."

"알겠습니다. 장군."

명을 받은 참모는 이순신으로부터 장계를 받는 즉시 그것을 바닷길을 통해 개경으로 보내게 하였다.

그로부터 약 사흘, 이순신의 장계가 개경 땅에 당도하였다.

임시 편전 내 용상 위로 이혼이 앉아 있었고 그는 이순신으로부터 올라온 장계를 읽으며 조선이 가진 무력의 힘을 보다 확실하게 확인하고 있었다.

그의 표정이 화색으로 메워지고 있었다.

"뢰호 해역에서 1천 척에 달하는 적선을 맞이해서 그를 모조리 전멸시켰다?! 내 생애가 두 번째가 된다면! 해군 참모총장 같은 이를 신하로 다시 둘 수 있을까 한다!! 이 것은 과인에게 홍복이고 또 홍복이다!!"

흥분을 하면서 들고 있던 장계를 흔들었다.

그는 김한호에게 이순신의 장계를 보이고자 하였다.

"영의정!"

"예! 전하!"

"장계에 그려진 진형도를 보라!!"

사락~

이혼이 장계를 넘겨주었고 김한호가 그를 살피기 시작 하였다.

전과 기록에 대한 내용이 장계 상측에 상세히 쓰여 있 었다. 그리고 그 아래에 시간별로 변화되는 진형도, 전 쟁 과정이 지도 형태로 작성되어 있었다.

그를 보면서 놀라기는 김한호 또한 매한가지였다. 그는 연속으로 구성된 학익진의 형태에 두 눈을 크게 하고 있 었다.

'섬 입구에서 학익진… 섬들을 이용해서 육해군으로 학 익진… 그리고 북쪽 바다에서 또 학익진이구나……!! 한 전투에서 학익진만 세 번에 기만술까지 포함되다니!! 역 시 이순신 장군이다!!'

놀라움과 함께 감탄을 내보였다. 그러한 김한호를 보며

이혼이 물었다.

"영의정! 경이 생각하기에 해군참모...떠하다고 여겨지는가?!"

그에 김한호는 이순신의 전술이 정점에 ...하였다.

"신이 감히 판단컨데! 세상의 그 어떤 장수와 제독도 해군참모총장의 계책과 전술을 이기진 못할 것이옵니다!!"

"노량에서 왜적들을 격멸하였었던 경조차도 말인가?"

"신의 전략은 해군참모총장 앞에선 하늘 아래에 태산일 뿐이옵니다!!"

"하하하하~!!!"

크나큰 기쁨에 이혼이 웃음을 터트렸다. 동시에 편전에 줄지어 서 있던 대신들이 이순신의 공적을 치하하라며 이혼에게 주청을 하였다.

"전하~! 해군참모총장의 전공으로 말미암아 왜국 당에서 벌어지는 전쟁은 단기전으로 끝날 확률이 크게 높아졌사옵니다~!"

"그렇사옵니다! 전하! 이것으로 1년 안에 전쟁을 끝낼 수 있게 되었사옵니다!"

"전하~! 해군참모총장 이순신에게 크게 성찬을 내려 주시옵소서~!"

를 굽혔다. 그들의 모습에 이혼이
의를 표하였다.

인은 해군참모총장 이순신에게 큰 상
!!"

망극하옵니다~!!"

또든 대신들이 밝게 웃음 지으며 말하였다.

하지만 김한호는 달랐다.

그의 표정 또한 밝긴 매한가지였으나 그는 이혼에게 보
다 큰 것을 위한 행동을 주문하였다.

그는 이순신을 도운 조선 육군의 공적을 잊지 않고 있
었다.

"전하~ 뢰호에서 있었던 대승은 육군의 화포 지원이
있었기에 가능했던 것이옵니다. 때문에 해군참모총장을
크게 성찬하심과 더불어, 육군참모총장의 지원 또한 크
게 성찬하심이 마땅한 것이라 사료되옵니다. 더불어 대
승을 거둔 전투이나 피해 없는 전투는 아니니, 전사자들
의 가족이나 부상자들의 가족들에게도 큰 상을 내리심
과 더불어 그들을 위로하시는 것이 우선이라 여겨지옵
니다. 전하~!"

가슴 깊이 새겨질 충언이었다. 그에 이혼이 자신의 실
수를 인정하며 김한호의 이야기에 동의를 표하였다.

"대승에 기뻐서 과인이 실수할 뻔하였다! 영의정의 말

이 백번 들어도 옳은 말이다! 하여 과인은 육군참모총장의 공적도 높이 치하할 것이며, 전사상자의 가족들을 과인이 친히 보살필 것이노라!"

그리고 김한호에게 맑은 표정을 보이며 그에게 감사를 전하였다.

"언제 어느 때곤 좋다! 경의 충언을 과인 앞에서 절대 아끼지 말라! 과인은 경의 충언을 감사히 여길 것이다!"

"성은이 망극하옵니다! 전하~!!"

명신이 성군을 만들고 성군이 명신을 만든다는 말이 있었다. 그리고 그 말은 이혼과 김한호의 관계를 명확하게 설명할 수 있는 말이었다.

신하의 충언을 기분 나쁘게 받아들이지 않은 이혼은 즉시 도승지로 하여금 이순신과 권율의 전공을 치하하고자 하였다.

"도승지는 들으라! 과인은 해군참모총장 이순신과 육군참모총장 권율을 크게 성찬할 것이노라! 허나 두 지휘관이 지금은 전장에 있는바! 과인은 두 사람의 공적을 치하하는 성찬문을 보내고 현재 치르고 있는 전쟁이 끝난 뒤 공식적으로 그들의 공적을 기록할 것이노라! 그에 맞춰서 도승지는 성찬문을 작성할 수 있도록 하라! 또한 전국 관아에 두 지휘관의 공적을 널리 알릴 수 있도록 하라!"

"어명 받들겠사옵니다! 전하~!!"

어명을 받은 도승지가 허리를 굽혔다.

연전연승에 이은 대승 소식에 편전에서의 회의는 웃음소리와 함께 끝마쳐졌다.

김한호는 회의가 끝마쳐지는 대로 행안궁을 빠져나와 병조 관아로 향하고자 하였다.

행안궁 문 입구 앞에서 기다리고 있는 여인이 있었다. 그를 본 김한호가 여인에게 다가가 인사를 하였다.

"가급적이면 같이 시간을 보내고 싶은데, 조정 상황이 상황이다보니 자주 보지 못해서 미안할 따름입니다……."

"괜찮습니다. 이 정도쯤은 감수할 수 있습니다……."

"……."

행안궁 앞에서 기다렸었던 황설영이었다. 김한호는 그녀의 손을 잡으며 자신의 마음이 여전함을 전하였다.

"몇 달간만 더 참아 주십시오. 그 사이에 시간이 난다면 그간 함께하지 못했었던 시간을 전부 메우도록 하겠습니다."

타의적인 현실이긴 하지만 시간을 내지 못하는 스스로에게 잘못을 씌우며 미안함을 내보이고 있었다. 그러한 김한호에게로 황설영은 나라에 더 충실히 해 줄 것을 부탁하였다.

"무리하게 시간을 내지 마시고, 조정의 업무에 더욱 충실히 하여 주십시오. 저는 언제 어느 때건 영상 대감의 뜻을 따르겠습니다."

배려심 깊은 황설영의 모습에 김한호는 자신조차 모르게 미소를 짓고 있었다. 그때 황설영이 자신이 들고 있던 보자기를 김한호에게 건네주었다.

슥.

"이, 이것은……?"

어리둥절한 표정으로 김한호가 물었다.

황설영은 얼굴을 붉히며 그를 위한 것이라고 말하였다.

"다과를 만들어왔습니다. 조정에서 밤새 일을 하시다 보면, 허기질 때도 있는 법이니 그때 드십시오."

"아, 고맙습니다……!"

크게 미소를 지으며 황설영이 주는 보자기를 들었다. 직후 황설영이 자신이 온 목적, 자신이 알고자 하는 것을 묻기 위해 입을 열었다.

"아버님께서는… 무사하신지요……."

바다 건너 전장에 가 있는 이순신이었다. 때문에 그의 양녀인 황설영은 전장의 상황을 몰라 무척이나 애를 태우고 있었다.

그녀의 질문에 김한호는 이내 그녀가 안심할 수 있는

답변을 전해주었다.

"극비에 해당되는 이야기이지만 조만간 공개를 될 부분이기에 알려드리겠습니다. 아버님께선 무사하십니다. 그리고 이번에 큰 공적을 올리셔서 조만간 전국 관아의 방문으로 아버님의 공적이 알려지게 될 것입니다."

"저, 정말입니까?"

황설영이 놀라 되물었다. 그에 김한호가 고개를 끄덕이며 다시 답하였다.

"예. 이미 제가 다 확인한 것이니 일고의 거짓은 없는 이야기입니다."

"다행이다……."

김한호의 답변에 그녀가 가슴을 쓸어내리며 안도감을 표하였다.

직후 김한호는 그녀의 손을 어루만지며 그녀에게 걱정을 거둘 것을 부탁하였다.

"너무 그렇게 걱정하지 마십시오. 아버님 주변에는 이나라 최고의 정예병들이 항상 함께하고 있습니다. 그러니 이 나라의 군을 믿으십시오. 전쟁이 끝날 때까지 아버님은 무사하실 겁니다."

안정과 신뢰가 깊은 김한호의 이야기였다. 그에 황설영이 고개를 끄덕이며 믿음을 보였다.

"알겠습니다. 아버님이 돌아오실 때까지, 마음을 굳게

먹고 있겠습니다."

"……."

황설영의 맑은 표정이 김한호의 가슴을 두근거리게 하였다.

그는 잡고 있던 황설영의 손을 놓기가 싫어 몇 번을 매만지다가 끝내 놓아주었다.

"다음에 뵙겠습니다. 그리고 그땐 좀 더 좋은 소식을 갖고서 뵙도록 하겠습니다."

"예. 영상 대감. 그때까지 기다리겠습니다……."

하기 싫은 작별 인사였다.

그렇게 김한호는 바라던 일상을 뒤로 하고서 피 흘리지 않는 전장으로 발걸음을 옮겨갔다. 그리고 조정 관아에서 일과를 보내며 이순신과 권율을 후방에서 지원코자 하였다.

햇빛이 스며드는 병조 관아 탁자 위에 뒤늦게 개발을 마친 무기가 놓여 있었다.

그를 김한호가 들어 보이며 이리저리 살피고 있었다.

'환 일식 소총에 망원경을 부착시켰다… 정확도는 현대식 저격총에 비해 떨어지지만, 총신이 기존 것보다도 길어서 충분한 위력을 발휘하겠지…….'

거리 500미터 이상에서의 저격 능력을 발휘할 순 없었다.

하지만 300보 정도의 거리에서 적장을 단발에 사살하는 것만으로도 적들에겐 큰 공포로 다가올 일이었다.

그를 전장에서 발휘코자 하였다.

김한호는 곁에 서 있던 병조참판(兵曹參判)에게 생산된 저격총의 수를 물었다.

"이 총이 얼마만큼 생산되었습니까?"

그에 병조참판이 문서를 확인하며 답을 하였다.

"대략 100정 정도 생산 되었습니다."

"100정이라… 좋습니다."

병조참판의 보고에 김한호가 크게 미소 지었다.

그는 병조참판에게 시켜 100정의 저격총을 왜국 땅으로 보내고자 하였다.

"생산되는 저격총을 육군참모총장에게 전달하십시오. 분명히 육군참모총장이라면 그를 요긴하게 쓸 것입니다."

"알겠습니다. 영상 대감."

김한호의 지시를 받으며 병조참판 또한 크게 미소 지었다. 그는 김한호의 명령대로 100정의 저격총이 담긴 상자를 왜국 땅으로 보냈다.

저격총들은 판옥선편으로 간몬해협을 통과하였고, 조선 육군이 주둔해 있는 히로시마에 당도하였다.

그로부터 수일 후였다.

성벽은 무너져 내렸지만 천수각이라 불리는 미려한 건축물은 남았다.

조선국의 맹렬한 공격 속에서도 장식 화려한 천수각이 남으니 그것은 조선군이 지휘부로 사용하기 위함이라 할 수 있었다.

그러한 히로시마(広島)성 아래로 10여 만에 달하는 조선군이 진을 쳤다. 그들은 세토에서의 해전이 끝나기를 기다렸고 며칠 지나지 않아 해전에 대한 결과를 전해 듣게 되었다.

환 일식 소총을 손질하는 가운데 병사들 사이에서 이런저런 이야기가 흐르고 있었다.

"우리 해군이랑 맞붙었던 협판안치의 전선이 몇이랬지?"

"내 알기로 1천 척이었던 것으로 기억하네만."

"이야~ 1천 척의 적선을 이긴 거야? 우리 해군은 몇 척이었길래?"

"소문으로 듣기엔 500척? 조금 안 되었다는 것으로 들었었네."

"우와~"

꽂을 대로 총구를 후벼 파면서 탄성을 지르고 있었다.

타다 남은 종이 찌꺼기를 쓸어내며 그들은 이순신의 위대함을 이야기하고 있었다.

"하여튼 이순신 장군님이셔. 500척도 안 되는 전선으로 1천 척의 함대를 이기다니, 장군님 덕택에 왜국의 바다도 우리 바다라니깐."

"어허~ 이 사람아 장군님이라니… 대제독이시지……!"

"참, 대제독이셨지! 그나저나, 바다에서 그렇게 크게 이겼는데 이제 슬슬 우리도 움직이지 않겠어?"

훈련을 받으면서 전술 전략에 대한 공부도 틈틈이 받았었던 조선군 사병이었다. 때문에 그들은 그리 오랫동안 전장에 머무르지 않았음에도 자신들이 슬슬 움직이게 될 것이라는 것을 깨닫고 있었다.

말이 나오기가 무서울 지경이었다.

칼을 찬 부사관이 다가와 그들에게 출진 준비를 하라고 명하였다.

"반 시진 후에 출진이다! 보아하니 총기 손질도 다 된 모양인데, 빠르게 준비해서 왜적 놈들을 밀어버리도록 하자!"

"예! 알겠습니다!!"

척!!

사병들 중에서 가장 상급자인 이가 군례를 올렸다.

그들에게 출진 사실을 알린 부사관은 다시 발걸음을 옮기며 인근 사병들에게 출진 명령을 알리기 시작하였다.

"총기 조립하고! 가자!"

"그려!!"

슥……!!

엉덩이에 풀을 묻힌 채 자리에서 일어섰다.

바닥에 내려두었던 요대를 착용하였고 미리 받아놓았던 탄약 상자를 열어 서로에게 맞춰 탄약을 배분하였다.

얼마 지나지 않아 출진 명령을 받은 이들이 모였다. 그들은 논길을 걸어서 말들이 묶여져 있는 곳으로 향해 말 등 위로 엉덩이를 올렸다.

하늘 높이 들린 천마의 깃발이 휘날렸다.

선두에 선 김충선이 칼을 뽑아 들었다.

"출진!!!!"

두두두두두~!!!!

우렁찬 포효와 함께 젖어 있던 땅에서 먼지 구름이 일었다.

잠시 동안 멈췄었던 조선군이 이순신의 승전을 신호 삼아 다시 동진을 하기 시작하였다.

그렇게 약 세 시진이 흘렀다.

김충선의 기병 사단은 진격 한계점까지 아무 피해 없이 당도하여 점령하였다. 그곳은 빈고노쿠니(備後国) 후쿠야마(福山)라고 불리는 곳으로 세토 내해에 맞닿아 있는 산과 바다가 아름다운 곳이라 할 수 있었다.

산에서 나는 물산과 바다에서 나는 물산이 모여 다수의 사람들이 작은 도시를 형성하는 곳이었다. 때문에 김충선의 기병 사단이 도착하였을 때 수많은 왜국 백성들의 이목이 집중 되는 것은 당연한 것이었다.

작은 저잣거리 길 중심으로 조선군 기병 부대가 천천히 지나고 있었다.

다가닥… 다가닥…….

"저, 저거, 조선군 아냐……?"

"그, 그런 것 같은데……?"

"맙소사! 철포잖아……!!"

"세상에……!!"

말이 귀한 왜국 땅에서 기병으로 이뤄진 군사만도 1만에 달하고 있었다. 거기에 말 위에 탄 병사 하나하나가 묵빛 군복에 철포와 검으로 무장하였으니 그 모습을 본 왜국 백성들은 조선군의 강력한 모습에 두려움에 떨기 시작하였다.

그들은 도시를 점령한 조선군이 행여나 자신들에게로 행패를 부리지 않을까 크게 걱정하였다.

"어서 집으로 돌아가서 애들 챙겨……!"

"그, 그래… 약탈당하기 전에 어서 도망쳐야 해……!!"

점령지에 대한 약탈과 방화, 강간이 기본인 왜국군이었다. 때문에 그들은 조선군마저 그들과 똑같이 실력행사에 들어갈 것이라 굳게 믿고 있었다.

그러한 백성들의 사정과 상관없이 김충선은 도시에 위치한 관아로 향하였다.

관아 내에 건설을 막 시작한 천수각이 흉물스럽게 남아있었고 그를 보면서 김충선은 그간 지나왔었던 길에 대해 감상을 보이고 있었다.

"텅 비었군……."

"예. 장군."

"오는 동안에 목진지, 성, 모두가 하나 같이 텅 비었었지……."

"그랬었습니다. 장군."

김충선을 호위하는 부사단장이 김충선의 이야기에 동조하였다.

김충선은 비었었던 진지 등을 기억하며 왜군이 무언가를 기획하고 있지 않을까 하였다.

'내가 알기로 광도부터 복산까지는 모리휘원이 지배하는 곳이다. 그런데 우리가 진격해 올 때 그와 그의 병사들은 없었다. 허면, 그는 어디에 있는 것인가……?'

점령지의 주인이 없다는 사실을 기반으로 그는 세토 내해에서 있었던 해전 결과를 떠올렸다.

적선 1천 척, 그것은 절대로 적들이 즉응태세로 구성한 함대가 아니었다. 분명 개전이 지나 전력을 끌어 모으고 재편성한 결과라고 할 수 있었다.

그런 과정이 왜군 육군에게도 있지 말란 법이 없었다. 그리고 왜국의 규모는 조선의 규모에 비해 배에 이를 것이 분명한 사항이었다.

그를 떠올리며 김충선은 왜국군이 전군을 끌어 모아 대군으로 반격해 올 것이라고 판단하였다. 그리고 그러한 대군들 안에 히로시마의 영주 모리 데루모토가 있을 것이라고 판단하였다.

그는 곁에 있던 부사단장에게 지시를 내렸다.

"성문을 걸어 잠그고 적들의 침입을 방어하라. 그리고 동쪽으로 정찰대를 보내서 적들의 진군이 있는지를 확인하라."

"예! 장군!"

김충선으로부터 지시를 받은 부사단장이 대답하였다. 그는 김충선의 지시대로 전군에게 성문을 걸어 잠글 것을 명하였고 적들의 침입을 감시하라 지시하였다. 그와 함께 소수의 정찰대를 편성하여 동쪽을 감시하게끔 하였다.

잠시 열린 성 동문으로 비교적 가벼운 무장의 정찰대가 전력 질주하였다.

끼익~!

다가닥. 다가닥. 다가닥.

"히럇! 히럇!!"

채찍으로 말의 등을 때리며 정찰대가 동쪽 숲을 가로질렀다. 그들은 넓은 숲길을 통과하였고 비교적 평온하게 보이는 들녘으로 진입하였다.

나무가 홀로 서 있는 언덕 위에 올랐다.

그들은 새들이 날아오르는 먼 숲을 바라보고 있었다.

"망원경."

"여기 있습니다."

정찰 소대의 소대장이 손을 내밀자 곁에 있던 병사가 망원경을 건네주었다.

소대장은 새들이 날아오르는 숲을 살폈고 그 안에서 움직이는 왜군을 발견하였다.

얼마 지나지 않아 숲 밖으로 다수 왜병이 모습을 드러냈다. 그리고 그러한 왜병들의 수는 삽시간에 수백과 수천 단위로 늘어나기 시작하였다.

그를 본 정찰대 소대장이 망원경을 내리며 인상을 굳혔다.

"최소 10만, 아니 20만 이상이군……."

왜군 최선두에서 각 영주의 문장기들이 휘날리고 있었다. 그를 본 것을 마지막으로 정찰대는 정찰 임무를 마무리 짓고 후쿠야마로 다시 전력질주를 하였다.

정찰대가 포착한 정보는 후쿠야마 관아를 점거한 김충선에게 즉시 보고되었다. 그리고 그러한 보고를 들은 김충선은 턱을 만지작거리며 앞으로의 행동을 계획하였다. 그 와중에 그는 정찰을 맡았었던 소대장에게 적들과의 거리를 물었다.

"적들이 어디쯤에 와 있었다고 하였나?"

"예. 복산 동쪽 150리 정도였습니다. 아마 이곳까지 오는 데에 여섯 시진 정도는 걸릴 것으로 보고 있습니다."

"알겠네. 수고하였다. 차후에 명이 있을 테니 쉬면서 대기토록 하라."

"예! 장군!"

소대장의 마지막 보고를 뒤로 하고서 김충선은 다시금 앞으로의 행동을 계산하기 시작하였다.

그때, 그의 곁에 있던 부사단장이 입을 열었다.

"숲에서 빠져나온 병력들만으로도 20만 명으로 짐작했다면, 최소한 적들을 30만 명 이상의 대군으로 보심이 마땅하다 생각합니다. 그리고 정녕 그러한 규모의 적들이라면 지금 현대 우리 기병 사단만으로 대응할 순 없을 것이라 생각합니다. 전군에게 철수 명령을 내려서 다시 회군을 하였다가 아군 본대와 합류하여 적을 치는 것이 나을 것이라 생각합니다."

부사단장이 철군을 주장하였다. 그에 김충선이 동조하였다.

"확실히 적들을 상대로 우리가 맞서기엔 무리가 있네. 해서 철군을 해야겠지… 헌데, 우리가 가진 식량이 얼마나 있는가?"

후쿠야마에서 주둔하기 위해 기병 사단 병사 하나하나가 가져왔었던 식량이 있었다. 그에 대한 김충선의 물음에 부사단장이 정확하게 정보를 전해주었다.

"이곳에 오는 동안 하루치를 소비했고, 남아 있는 것은 이틀 분량입니다."

"그 정도면 충분하겠군……."

"……?"

미소 짓는 김충선의 말에 부사단장이 고개를 갸웃거렸다.

그의 앞에서 김충선이 자신의 계획을 전하였다.

"군량을 풀게. 이곳 백성들을 우리 편으로 끌어들일 것이네."

점령군에 의한 약탈이 있을 줄 알았다. 적어도 도시를 둘러싼 목책의 문이 닫혔을 땐 그럴 것이라고 여겼었다.

그랬었던 후쿠야마의 백성들이 크게 놀랐다. 그들은 가져온 식량들을 분배하는 조선군의 모습을 보았다.

그리 작지 않은 저잣거리 한복판에서 왜국어가 가능한 통역병이 크게 외치고 있었다.

"우리는 철군을 한다! 그러나 허기에 굶주린 백성들을 버릴 수 없다! 하여 우린 철군을 하기 전에 이곳 백성들에게 식량을 나누어주고! 작게나마 추수 때까지 버티기를 기원한다!"

"……."

외침과 함께 조선군 병사들은 줄 선 왜국 백성들에게 식량을 나눠주기 시작하였다.

말을 위한 건초와 식량들이 바로 그것이었다.

후쿠야마의 백성들을 그것들을 챙겨들며 자신들의 상상과 조선군의 모습이 다르다는 것을 인지하였다.

"보통 철군을 하면 방화를 저지르는 것이 보통인데……."

"그러게 말야… 나는 지금 이 상황도 믿기지 않아서 볼을 꼬집을 판이야……."

얼떨떨한 모습으로 볼을 꼬집기도 하였고 허벅다리 안쪽을 꼬집기도 하였다. 하지만 그러함에도 조선군이 선정을 베푸는 것은 틀림없는 사실이었다. 때문에 후쿠야마의 사람들은 반신반의 하면서도 조선군에 대해 마음을 열어가고 있었다.

그렇게 선정 작업이 치러진 후 철수 작업이 진행되었다.

왜군과의 거리가 한 시진으로 좁혀진 가운데 김충선의 기병 부대는 아침 해를 뒤로하고서 서쪽으로 내달렸다.

두두두두두~!!

흙길 위로 먼지구름이 일었다.

김충선이 회군을 개시한 지 약 두 시진 만에 히로시마에서 출진한 육군 본대가 그를 포착하였다.

전방에서 다가오는 대군을 확인하였다. 10만에 달하는 조선군 유군 부대 전체가 전투 준비를 취하였다.

"전군~! 전투 준비~!!"

둥! 둥! 둥! 둥!

북소리가 울려 퍼졌다.

병사와 장교 모두가 환 일식 소총을 견착하고서 전방을 조준하였다.

김충선의 회군은 예정에 없던 일이었다. 때문에 육군 본대 병력은 자칫 다가오는 기병대에게로 방아쇠를 당길 판이었다.

말 등 위에 앉아 있던 권율이 망원경을 들었다. 그는 전방을 주시하다가 조선군의 상징인 어기가 휘날리는 것을 보고 전군에게 전투 준비를 해제할 것을 명하였다.

"기병 사단이다! 전군은 방포를 금하라!!"

"전군~! 전투 준비 해제~!!!"

둥! 둥!

짧은 북소리가 울려 퍼졌다.

순식간에 전투 준비에 돌입하였던 대군은 일제히 조준을 거둬들이고서 김충선의 본대 합류를 허용하였다.

얼마 지나지 않아 김충선이 권율 앞에 다가섰다.

권율은 김충선에게 물어 회군의 이유를 물었다.

"내가 지시를 내리기를 기병 사단장에게 복산에 가 있으라고 명하였었네. 그런데 어찌하여 전군을 이끌고서 이렇게 회군을 한 것인가?"

권율의 물음에 김충선은 동쪽을 가리키며 당당히 답하였다.

"동쪽에서 적군이 접근 중입니다. 정찰대의 보고로 족히 20만 이상이 접근하기에, 불필요한 교전을 피하고자 이렇게 회군하여 합류를 하였습니다."

"20만 이상이라……?"

"예! 대장군!"

"……."

김충선의 보고에 권율은 곰곰이 생각하기 시작하였다.

히로시마성 자체가 모리 데루모토의 성이었음이니, 그의 성을 피 하나 흘리지 않고 점령한 것에서부터 이미 이상하다면 이상한 것이었다.

즉, 왜국군 전체가 병력을 끌어 모은다고 가정한 것도 무리가 없는 가정이었다. 그 부분을 늘 생각해왔던 권율이었기에 김충선의 보고는 그리 큰 놀라움을 주지 못하는 보고였다.

그는 기다렸다는 듯이 10만 군사들에게 철군을 명하였다.

"전군에게 이르라! 철수한다!"

"예! 대장군!"

권율의 명령에 그를 따르던 지휘관들이 대답하였다.

김충선은 주변을 훑어보다가 막 철군을 명한 권율에게 방어를 하지 않는 까닭을 물었다.

"방어를 하기엔 이곳도 좋은 것이라 생각합니다. 헌데 어찌하여 이곳에서 방어전을 펴시지 않고 철군을 하시는 겁니까?"

그에 권율이 미소를 지으며 답하였다.

"싸우지 않고도 능히 이길 수 있는 방법이 있네. 그런 방법을 놔두고서 어찌 피를 흘리겠는가?"

"방법이시라면……?"

권율의 답변에 김충선은 어리둥절한 표정을 지었다. 그러자 권율이 특전 사단장으로부터 총 하나를 받아 그에게 건네주었다.

휙~

턱.

"이번에 특전 사단에 일부 보급된 총일세. 한 번 보도
록 하게."

"……?"

권율이 건네준 총을 김충선이 받았다.

총 위로 작은 망원경이 부착되어 있었고 그러한 특징을
살피며 권율이 말한 방법을 머릿속으로 떠올려보았다.

순간 김충선의 머릿속에서 기가 막힌 생각이 떠올랐
다.

"설마……?!"

그를 본 권율이 자신만만한 표정으로 말하였다.

"우리에겐 산을 평지처럼 다니는 특전 사단이 있네…
그리고 그들로서 하여금 이번의 대전을 결정지을 것이
네……!"

흔히 만부부당(萬夫不當)이라는 말이 있었다. 그 말의
뜻은 만 명의 남자로도 당해내지 못한다는 뜻이었다.

조선군 특전 사단 병사들이 만부부당이었다. 권율은 그
들로 하여금 30만에 육박하는 왜 대군을 상대코자 하였
다.

한 명의 정예병이 30만의 군사를 마비시키는 미래가
권율의 머릿속에서 그려지고 있었다.

1천 척의 전선이 먼저 출진을 하였고 그 뒤를 따라 30만에 육박하는 대군이 움직였다.

 와키자카 야스하루가 해상에서 전멸을 당했다는 소식을 모른 채, 시마즈 요시히로가 이끄는 육군은 왜 수군이 승전을 하였다는 가정으로 서진을 진행하고 있었다.

 많은 수의 병사들이 모였다곤 하난 그들은 춘궁기에 소집된 배고픈 병사들이었다. 그들은 먼 길을 걸어가면서 허기진 배를 움켜쥐고 있었다.

 척! 척! 척! 척!

 "하아… 배고파…….."

 "조금만 참아. 조선 놈들에게 군량이 많다고 들었으니깐 싸워 이기면 배터지게 먹을 수 있어."

 "이기면 다행이지, 이 상태로 이길 수 있을지 의문이야… 여튼 배가 고파서 미치겠다…….."

 병사들의 배고픔은 사기 부족으로 직결되는 것이었다. 그러한 부대 상황의 실태를 시마즈 요시히로가 모를 리 없었다.

 그는 우키타 히데이에로부터 병사들이 굶주려 있음을 보고받고 있었다.

"모인 병사들은 30만인데 우리에게 주어진 군량은 일주일 치뿐이오. 그 안에 조선군을 격멸할 수 있겠소이까?"

지휘권은 시마즈가 갖고 있었지만 고닌고분교의 자격으로 시마즈와 맞먹는 대화를 펼치는 우키타였다. 그러한 우키타 앞에서 시마즈는 부족한 군량을 메우기 위해서라도 적들을 꺾어야 한다고 말하였다.

"우리가 살려면, 적들의 모든 것을 빼앗아야 할 것이오. 지금으로썬 그 방법밖에 없소."

"……."

시마즈의 답변에 우키타는 침묵으로 동의를 표하였다. 그의 앞에서 시마즈가 가토 요시아키를 불렀다.

"가토 장군!"

"핫!!"

거리를 둔 장소에서 가토 요시아키가 말을 몰아 시마즈에게로 다가왔다.

그에게 시마즈가 지시를 내렸다.

"자네에게 날샌 군사 1만을 줄 터이니 후쿠야마를 선점거하여 보고토록 하게."

"핫!!"

시마즈의 지시에 가토 요시아키가 당당히 답을 하였다. 시마즈는 그가 한 영지의 영주로서 충분한 숙고로 군을 이끌 것이라 굳게 믿고 있었다.

그로부터 약 한 시진이 흘렀다.

비어 있는 후쿠야마 성안으로 가토 요시아키의 군사가 진입해 들어왔다.

후쿠야마의 백성들이 가토군을 맞이하는 가운데, 가토 요시아키는 후쿠야마 저잣거리 바닥에 새겨진 기마군의 발굽을 확인하였다.

그는 백성들에게 물어서 조선군이 주둔하였었는지를 알고자 하였다.

저잣거리 측편에 서 있던 백성들에게 조선군의 행방을 물었다.

"바닥에 새겨진 발굽은 분명 우리 일본군의 기마 발굽이 아니다. 해서 나는 저것이 조선군의 흔적이라고 생각하는바, 조선군은 어디로 향하였는가?"

서슬퍼런 가토의 질문에 왜국 백성들은 고개를 숙인 채로 답변을 하였다.

"조, 조선군은 철군을 하였습니다! 해서 이곳 주변에 조선군 따윈! 어, 없습니다!"

"언제 떠났나?"

"하, 한 시진 전쯤이었습니다……!"

"한 시진……?"

"예, 옛!"

"……."

한 시진 차이라면 그렇게 큰 시간 간격 차이는 아니었다. 하지만 상대는 기병대, 가토 자신의 군대는 보병이었다.

절대 추격할 수 없는 상황이었다. 때문에 가토는 후쿠야마 점거를 우선으로 하고자 하였다.

그때 백성들 손에 쥐여진 몇몇 주머니들을 확인하였다. 그를 보며 가토가 질문을 하였다.

"내가 보기에 그 주머니가 이곳 백성들마다 갖고 있는 것으로 보인다. 그 주머니는 무엇인가?"

"……."

"음……?"

백성들은 가토의 질문에 답하지 못하였다. 그를 보다 이상함을 느낀 가토가 곁에 있던 가신을 시켜서 백성들이 가진 주머니를 가져오게끔 하였다.

"저것을 가지고 오게."

"핫!!"

척……!

저벅저벅…….

슥…….

말에서 내린 사무라이가 백성들에게 다가가 주머니를 뺏었다.

주머니를 빼앗긴 백성은 사무라이에게 매달리며 그를 빼앗기지 않으려 하였다.

"나, 나으리! 그것은 우리에게 유일한 식량입니다! 제, 제발……!!"

스릉~!

"물러나지 못할까?!!"

"……?!!"

살기 어린 왜도가 한 백성의 목을 겨누었다. 그에 주머니를 빼앗긴 백성은 입을 다물 수밖에 없었다.

백성들이 말하길 식량이라고 하였었다. 그리고 가토 요시아키가 그것을 확인하였다.

주머니 안에 떡과 고기들이 있었고 그것을 본 가토는 왜국 백성들에게 가혹한 조치를 내렸다.

"조선군으로부터 받은 주머니를 수거한다! 하나도 빠짐없이 수거하라!!"

"핫!!"

명령을 받은 사무라이가 목소리를 높였다.

가토 요시아키로부터 지시를 받은 이들은 왜국 백성들로부터 식량 주머니를 빼앗기 시작하였다. 때문에 후쿠야마 내에서 갖은 비명이 다 들릴 일이었다.

"사, 살려주십시오!! 그것이 없으면 며칠 동안 살기에도 요원할 것입니다!!"

"명을 듣지 못하였는가?!! 어서 내놓지 못할까!!"

퍽!

"꺄아아악~!!"

발길질이 오가고 주먹이 오갔다.

폭력이 난무하던 끝에 가토 요시아키의 군사들은 왜국 백성들로부터 식량 주머니들을 모두 수거하였다. 그리고 그것을 모아 자신들이 사용할 군량미로 그 쓰임새를 바꾸었다.

쌓인 주머니 앞에서 가토 요시아키가 지시를 하였다.

"수거한 주머니들을 군량미 수레에 싣도록 하라! 비록 몇 푼 안 되는 군량일지라도 우리 일본국군에겐 소중한 양식이 될 것이다!"

"핫!!"

지엄한 명을 받으며 사무라이들과 왜군 병사들이 움직였다.

그 모습을 보던 후쿠야마의 백성들은 왜국군이 아군인지 조선군이 아군인지를 혼동하기 시작하였다.

그들은 무뢰배와 같은 자국군을 보면서, 보다 신사와도 같은 조선군을 칭찬하고 있었다.

'저놈들은 도대체 어느 나라의 군사들이란 말인가?!'

'아무리 먹을 게 없어도 그렇지! 군량미가 부족하다고 우리들 것을 빼앗아?!'

'조선군에 비하면 저 녀석들은 산적들일 뿐이잖아!! 빌어먹을!!'

김충선이 행한 선정 작업 덕분에 가토 요시아키는 후쿠야마의 백성들로부터 밉상의 온상이 되고 있었다.

깊은 분노와 증오가 그의 등을 찌르고 있었다. 하지만 그러한 분노조차 그는 감지하지 못하고 있었다.

그로부터 약 반 시진이 흘렀고, 수십만 명에 달하는 왜군 본대가 후쿠야마에 도착하였다.

시마즈 요시히로가 가토 요시아키를 부르니 그는 가토가 행한 실책을 파악하고서 가토를 크게 꾸짖게 되었다.

"가토 장군! 아무리 군량이 부족하더라도 백성의 것을 손대진 말았어야 하지 않는가?!!"

"그, 그게! 백성들의 것이 아니고 적들의 것이었습니다! 그래서……!"

"그걸 지금 변명이라고 하는 것인가?! 조선군은 이 나라의 백성들을 자신들의 편으로 만들기 위해 갖은 노력을 다하고 있건만 자네는 어찌하여 이 나라의 백성들을 적으로 돌려세우려 하는 것인가?! 이 나라의 백성들이 조선의 의병처럼 변하길 원하는 겐가?!!"

"……."

연륜 깊은 노장의 노성 앞에서 가토 요시아키는 그 어떤 말도 하지 못한 채 묵묵히 그것을 받아들일 수밖에 없었다.

그는 그저 분노의 화살을 조선군에게로 돌릴 뿐이었다.

그는 조선군이 자신을 상대로 능멸하였다고 생각하고 있었다.

'빌어먹을 조선 놈들! 감히 나를 가지고 놀아……?!!'

"후우……."

분노의 화살을 돌리는 가토 앞에서 시마즈 요시히로는 한숨을 내쉴 뿐이었다.

그는 가토에게 말하여 수거하였었던 식량 주머니를 다시 돌려주게끔 하였다.

"수거하였었던 식량 주머니들을 백성들에게 다시 돌려주도록 하게. 1만 군사 이틀 치 군량을 만들어봤자 30만 대군인 우리에겐 턱도 없는 양일세. 그 이전에 우리는 이 나라 백성들을 지키기 위해서 싸워야 하는 것이네. 그러니 내 말을 명심해서 꼭 돌려주게."

"핫!!"

시마즈로부터 지시를 받은 가토가 등을 돌렸다.

시마즈는 조선군과의 전투를 치르기도 전에 꼬여버린 상황에 다시 한숨을 내쉬었다.

"후우……."

그는 앞으로 치러질 전투가 그리 만만치 않을 것이라

여기고 있었다.

'예상 밖의 행동에 완전히 당해버렸어… 설마하니 철수 직전에 군량으로 선정 작업을 펼칠 줄이야…….'

상대를 응징하기 위한 전쟁보다 더욱 무서운 전략이었다. 그리고 그러한 전략 앞에서 시마즈는 내심 두려움마저 느끼고 있었다.

하지만 그런 두려움도 그가 맞이할 운명 앞에선 아무것도 아니었다.

고요한 침묵 속에서 날아오는 비수는 세상의 그 어떤 공포보다도 무서운 것이었다.

원형의 세계 안에 '十'자선이 그어져 있었다. 십자선 안으로 목표물을 겨누었고 숨을 멈춘 상태로 방아쇠를 당겼다.

탕!!

타탕! 타타탕!!

"후우~"

방포가 끝난 후 심호흡이 이루어졌다. 그리고 고개를 들어 목표물을 확인하였다.

펄럭~!

"관중이오~!!!"

목표물을 확인한 병사가 수기를 흔들며 관중(貫中)표시를 하였다. 그러자 소총을 견착하고서 엎드렸었던 이들이 웃음을 지으며 자리에서 일어섰다.

그들은 소총을 메고서 최고 지휘관 앞에 당당히 섰다.

육군참모총장 권율이 그들의 어깨를 두들기고 있었다.

툭. 툭…….

"자네들이 임무에 실패한다고 하여도, 이 전쟁은지지 않는다. 허나, 나뿐만 아니라 전하께서도 이 전쟁을 최소한의 피해로 이기길 바라신다. 하여 자네들은 최선을 다하여 적장을 사살하기 바란다. 자네들의 활약에 따라 30만의 적병이 단숨에 무력화될 수 있다."

갖은 훈련을 받았었던 이들의 능력을 믿었다. 그리고 그러한 권율의 믿음에 보답하고자 저격총을 들고 선 이들이 우렁찬 목소리로 대답하였다.

"저희들의 손으로 이 전쟁을 마무리 짓겠습니다! 대장군!!"

"음……!!"

조선 유일의 최강 특전 사단이었다.

권율은 그들의 손을 한 번씩 잡으며 그들의 가슴에 불을 키게 하였다. 그리고 그들을 출진시켰다. 그들은 왜국의 숲을 헤치며 시마즈군이 모르게 서서히 접근하여

나갔다.

　노을 진 숲 속에 감시자가 있었다.

　감시자는 원형의 세계를 바라보며 사냥감이 나타나기 만을 기다렸다.

　얼마 지나지 않아 그들의 사냥감이 나타났다. 그들은 숨을 참으면서 사냥감을 상대로 십자선을 포개었다.

　몇 번 쏴보지 않았지만, 방아쇠에 대한 신뢰와 자신에 대한 신뢰가 있었다.

　그러한 믿음을 갖고서 사냥감을 향하여 방아쇠를 당겼 다.

　탕!!

　총성이 울려 퍼졌다.

　30만의 등줄기에서 공포가 흘러내렸다.

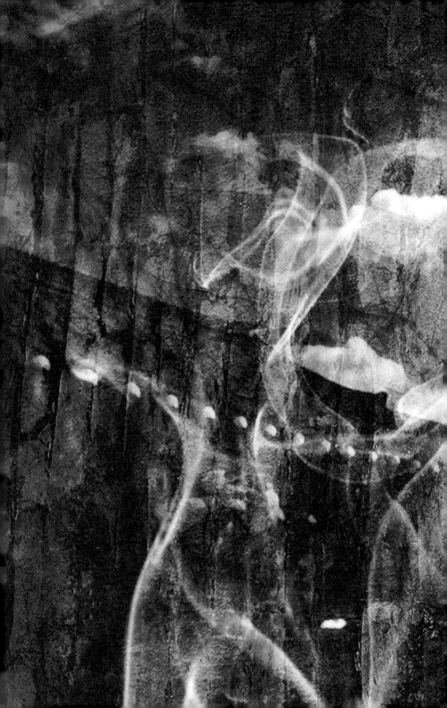

교란전

척! 척! 척! 척!

왜도(倭刀)와 조총(鳥銃)으로 무장한 강군이 비장함으로 채워진 발걸음으로 행군을 하고 있었다.

그들은 숲을 지나 초지를 지났고 다시 숲으로 들어가 적이 있는 곳을 향해 끊임없이 발을 움직였다.

얼마 지나지 않아 걸음에 지친 병사들이 투정을 부리기 시작하였다.

"아, 정말 못 가겠다… 이젠…….."

"배가 고파서 미치겠네…….."

점심을 거른 상태에서 저녁때가 오자 병사들은 허기진

배를 감싸며 발걸음을 느리게 하였다. 그를 본 사무라이가 칼을 치켜들며 병사들을 독려하였다.

"적들과 싸워 이기면! 우리들의 굶주림도 해결할 수 있다! 싸워 이기는 자만이 모든 것을 가질 수 있으니! 걸음을 빨리하여 적들을 때려잡고! 우리의 배를 불리도록 하자!!"

"와아아……!!"

함성이 일었다. 하지만 그것은 형식적인 함성이었다.

사무라이의 외침에 병사들은 배고픔만 더욱 느낄 뿐이었다.

'우리에게 필요한 것은 밥이라고!! 싸우는 게 아니란 말이야!!'

'뭔가를 먹어야 싸워서 이기든지 말든지 하지! 이렇게 가서 지쳐서 쓰러져 죽으면 어쩌라는 거야?!'

갖은 불만이 눈빛으로 튀어나오는 때였다.

그러한 때에 총성이 울려 퍼졌다.

촤악!!

탕~!!

"……?!!"

피가 먼저 튀었고 그 뒤에 총성이 울려 퍼졌다. 사무라이의 피를 뒤집어 쓴 병사가 붉은색으로 물든 손바닥을 보며 비명을 질렀다.

"으… 으아아아……!!!"

동시에 주변에서 크게 소란이 일었다.

쓰러진 사무라이 위에 또 다른 사무라이가 급히 몸을 숙이라고 지시를 내렸다.

"몸을 숙여라!! 적의 사선에 몸을 노출 시키지 마라!!"

푹!!

"흡?!"

탕~!!

또 한 번의 총성이 울려 퍼졌다. 직후 왜병들을 수습하던 또 한 명의 사무라이가 숨을 거두었다.

총성 한 번에 한 명씩 죽어갔다. 그것은 철포병 앞에서 죽기를 각오한 것보다도 더욱 무서운 것이었다.

그 모습을 200보 후방에서 가토 요시아키가 확인하였다.

총성과 함께 쓰러져버린 두 명의 사무라이에 가토 요시아키는 황당함을 느끼고 있었다.

"이, 이게… 도대체 무슨……!!"

너무나도 급작스럽게 벌어진 일이었기에 그는 그 어떤 말도, 조치도 못하고 있었다.

그때 다시 한 번 피분무가 터졌다.

푸욱!

"큭?!"

탕~!!

가토의 가신이 쓰러진 직후 계곡을 뒤덮는 총성이 다시 울려 퍼졌다.

쓰러진 가신을 내려다보며 가토가 고성을 질렀다.

"타, 타나카!!!"

그리고 자신 또한 보이지 않는 적의 총탄에 쓰러지고야 말았다.

퍽!

"웃?!!"

탕~!!

"주, 주군!!"

"장군!!"

이미 숨져버린 가신과 달리 가토 요시아키는 운이 좋아서 어깨만 뚫리고야 말았다.

겨우 살아남은 상태에서 가토 요시아키는 전군의 무사들에게 말에서 내릴 것을 명하였다.

"마, 말에서 내려라!! 적들은 말을 탄 자들만 공격한다!!"

"하, 하마!!! 하마하라."

가토의 명령과 함께 말에 타고 있던 사무라이들이 황급히 말에서 내리기 시작하였다.

그사이에서도 또 한 번의 총성이 울려 퍼지니 하마(下

馬)를 하던 사무라이 하나가 그대로 고꾸라지고야 말았
다.

탕~!!

털썩!!!

"……!!"

말에서 떨어진 사무라이를 봄과 동시에 왜병들과 사무
라이들 사이에서 공포가 일기 시작하였다.

특히 죽은 자들 모두가 무사 계급 이상의 귀족들이었기
에 사무라이들의 공포는 이루 말로 표현할 수가 없었다.

'어, 어떻게 이런 일이……?!!'

'설마! 우리만 노리는 것인가……?!!'

그들은 왜병들 사이에서 허리를 숙인 채 폭풍이 지나가
기를 기다렸다.

그런 상황 속에서도 모험을 거는 사람은 꼭 있기 마련
이었다.

키 큰 사무라이 하나가 몸을 일으키며 주변을 돌아보았
고, 그의 머리와 십자선이 포개어지고야 말았다.

퍽!!

탕~!!

머리가 먼저 터졌고 1초 후에 총성이 울려 퍼졌다.

무려 다섯 명의 사무라이가 단발 총탄에 목숨을 잃었
다. 거기에 가토 요시아키는 총탄에 어깨가 꿰뚫려 부상을 당하였다.

 보이지 않는 곳에서 날아오는 총탄들 때문에 가토 요시
아키 휘하 1만 군사가 마비되었다. 가토 요시아키는 어
깨를 붙잡은 상태에서 전군에게 철군 명령을 내릴 수밖
에 없었다.

 "전군! 퇴각! 퇴각하라!!!"

 "퇴, 퇴각!! 퇴각한다!!"

 "……!!"

 몇 남지 않은 사무라이가 몸을 웅크린 채로 크게 목소
리를 높였다.

 왜병들은 두려움에 떨면서 왔던 길을 되돌아갔다. 하지
만 그들의 공포는 사무라이들이 가진 공포에 비해 비할
바가 못 되는 것이었다.

 사무라이들은 행여 어딘가로부터 총탄이 날아오지 않
을까하며 걱정하였다. 그들은 난생처음 병사들 사이에
서 몸을 숨겼다.

 그렇게 30만 대군의 본대로 합류하였다.

 가토 요시아키의 부상 탓에 30만 대군 전체의 기동이
중지되었고 넓은 초지 위로 천막으로 이뤄진 막사들이
설치되었다.

 부상자들이 머무는 막사 안에 가토 요시아키가 드러누
웠다. 시마즈 요시히로와 영주들이 그를 찾아와서 정황

을 묻고자 하였다.

　가토를 내려다보던 시마즈의 표정이 잔뜩 굳어 있었다.

　"이게 어떻게 된 것인가? 자네의 어깨는 또 어떻게 된 것이고?"

　시마즈가 격한 반응을 보이며 가토에게 물었다. 그에 가토가 피가 흘러내리는 어깨를 붙잡고서 말하였다.

　"저, 저격입니다… 적들이 무사들만 집중적으로 공격했습니다……!"

　"저격이라?"

　"핫…….."

　"도대체 어떻게 저격을 한 것인가?"

　"모, 모르겠습니다… 그저 우리는 볼 수가 없었습니다……."

　"……."

　시마즈의 물음에 가토가 대답하였고 대답 직후 그는 한숨을 돌린 후에 자신이 보았었던 것을 정리하고서 말하였다.

　말 한마디, 한마디에 공포가 서려 있었다.

　"적들이 어떻게 가신들을 죽였는지는 모르겠습니다. 하지만 확실한 것은 총성 여섯 번에 다섯 무사가 죽었고 이렇게 부상까지 입게 되었습니다… 적들은 병사들을 노리지 않고 무사들만을 골라서 공격했습니다… 이것은 분명 우리 군의 사기를 떨어트리기 위한 조선군의 계책입니다… 그리고 우리에게 군량이 부족한 것을 알고서 기동력을 늦추려고 하는 심산입니다…….”

“…….”

가토 요시아키의 이야기에 시마즈는 수심 깊은 얼굴을 하고 있었다.

그는 가토의 등을 감싸며 당분간 휴식을 취할 것을 명하였다.

“자네는 싸울 수가 없으니 일단 오사카로 돌아가서 오사카 방어를 맡고 있게. 앞으로의 싸움은 우리가 맡도록 하지…….”

“죄, 죄송합니다…….”

시마즈의 격려에 가토 요시아키는 죄송스러운 마음을 내보였다.

이후 시마즈는 영주들을 이끌고서 구호 막사에서 나와 밤공기를 마셨다.

그의 곁으로 우키타 히데이에가 다가왔고 그는 30만 대군의 사기를 걱정하였다.

“가토 장군의 이야기가 사실이라면 아군의 사기가 완전히 무너지게 될 것이오. 특히 귀족 무사들은 적들의 저격 속에서 지휘마저 포기하게 될 것이오. 지휘 체계가 붕

괴되기 전에 속히 조치를 취해야 하오⋯⋯."

덩달아 곁으로 다가온 모리 데루모토가 인상을 굳혔다.

그는 병사들을 풀어서 산 전체를 뒤져야 한다 말하였다.

"계곡 전체를 뒤져서라도 저격수들을 찾아내야 하오⋯ 그렇지 않으면 우리 군은 붕괴될 것이오⋯⋯!"

"으음⋯⋯!"

고닌고 분교라고 불리는 대영주 두 명의 말이 시마즈의 귓속으로 따갑게 들어오고 있었다.

시마즈는 두 영주의 의견을 듣고서 조선군 저격수들을 이겨낼 방도를 찾고자 하였다. 그는 턱을 쓸면서 고민에 고민을 거듭하였다.

'시간을 지체하면 군량이 바닥나서 싸워보기도 전에 아군이 와해된다. 하지만 저격수들을 잡지 못하면 군의 전진 또한 불가능하다⋯ 어떻게 해야 한단 말인가⋯⋯.'

한 번, 두 번을 고민하였고 열두 번도 더 고민하였다.

그렇게 고민을 하다가 끝내 어쩔 수 없는 결정을 내리고야 말았다.

"저격수들을 먼저 잡을 것이오!!"

지휘체계 붕괴를 감수하고 저격수들을 무시할 순 없었다.

밤이 지난 후 새벽이 되자, 30만 대군 중 1만 명이 차출되어서 조선군 저격수를 찾기 위해 산을 헤집기 시작하였다.

검은 하늘이 푸르게 변하는 시간이었다.

검은 그림자가 숲을 메웠고 그들은 숲에 몸을 숨긴 채 초지에 깔린 적진지를 살피고 있었다.

어둠 속에서 낮은 목소리가 울려 퍼졌다.

"병사들을 공격해보는 것은 어떻겠습니까…….''

"병사들은 내버려둔다… 우리들의 임무는 어디까지는 적장 내지는 무사 계급을 지닌 자들만 사살해서 적 지휘체계를 무너뜨리는 것이 목적이다…….''

"알겠습니다…….''

공적에 대한 욕심보다 임무 완수가 먼저였다.

어둠 속에 숨어든 암살자들은 왜군의 일거수일투족을 바라보며 그들의 행동방향을 완벽하게 포착하고 있었다.

그때, 왜군 진영에서 특이점이 일었다.

"음……?''

"적병들이 모이는 것 같습니다……?''

"그런 것 같은데… 설마…….''

왜군의 움직임을 지켜보던 암살자들은 침묵을 지키며

그들의 행동을 묵묵히 지켜만 보았다.

대략 반 시진이 지나자 모인 왜병들이 산 쪽으로 이동하기 시작하였다.

무수한 발걸음 탓에 산 전체가 울리고 있었다.

사삭~!! 사사삭~!!

원형의 세상 속에서 왜병들이 숲을 헤집고 있었다.

왜군의 이상 행동을 감지한 조선군 저격수들은 작전상 후퇴를 실시하기로 결정하였다.

"우리들에 대한 수색이 시작되었군… 철수한다…….."

'철수!!'

슥… 휙… 휙…….

수신호로 인근의 동료들에게 철수 명령을 전하였다. 동시에 검은 옷을 입은 암살자들은 스스로가 위치해 있던 곳에서 천천히 물러나기 시작하였다.

자리에서 벗어나던 와중에 수류탄을 엮어서 함정을 파놓는 것은 기본이었다. 그들은 조용히 능선을 벗어나서 신속한 발걸음으로 제2의 자리로 이동을 하였다.

시간이 지나서 왜군 수색대가 조선군 저격수들이 있었던 위치에 도착하였다. 그들은 바닥에 새겨진 조선군의 흔적을 발견하며 동료들을 불러 모았다.

"발자국이다!!"

"어, 어디……?!!"

"여깁니다!!"

"좋아! 추적한다!"

왜병 한 명의 외침에 사무라이까지 달려와서 주변을 살펴댔다. 그리고 조선군 저격수가 새긴 발자국을 따라 발걸음을 옮기기 시작하였다.

능선에서 대기 중이던 왜병 하나가 콧구멍을 벌렁거렸다.

"이거… 무슨 냄새지……?"

"냄새? 무슨 냄새……?"

"아니, 그 유황 냄새 같은 거 말야……."

"음… 크흠… 그런 것 같은데? 혹시 주변에 온천이라도 있는 거 아냐?"

"그런가?"

전략 같은 것은 잘 모르는 왜병이었다. 때문에 그들은 자신들이 사지에 몰려 있다는 것을 전혀 모르고 있었다.

조선군 저격수를 쫓던 사무라이가 풀숲을 헤쳤고, 그는 풀숲 사이에 있던 실선을 자기도 모르게 건드리고 말았다.

핑~!

투툭…….

나무에 묶여 있던 수류탄이 풀려났다.

산 능선에서 폭발이 일어났다.

꽈꽈쾅!!!

직후, 바닥에 뿌려져 있던 유황 가루와 화약 가루, 기름 등과 뒤섞여서 화재를 만들어냈다.

능선에 있던 왜병들은 삽시간에 불꽃에 휩싸여서 비명을 질러대기 시작하였다.

화르르륵~!!

"으아아아~!!! 으아아~!!"

"크아아악~!!!"

능선에서 일어난 폭발과 화염으로 인해 그 뒤를 따르던 수색 부대가 발걸음을 멈췄다.

그들은 자리에서 멈춰 서서 능선 위를 바라보고 있었다.

"뭐, 뭐야······?"

"도, 도대체 무슨 일인 거야······?"

수색에 나섰던 왜병들 사무라이들 모두가 자리에서 가만히 멈춰 버렸다.

조선군 저격수들이 지천에 깔려 있을지도 모르는 상황에서 그들은 그만 생명의 줄을 놓고야 말았다.

능선을 멍하니 보던 사무라이의 관자놀이가 그대로 꿰뚫려버리고 말았다.

퍽!!

"······?!"

탕!!

탕! 탕! 타탕!!

첫 발을 신호로 산 곳곳에서 여러 발에 이르는 총성이 울려 퍼졌다.

산을 메우는 총성이 울려 퍼졌다. 그리고 또다시 아까운 사무라이들의 목숨이 숨졌다. 덕분에 수색 임무에 나섰던 여럿 사무라이들이 송장으로 변하였다.

돌아온 사무라이들 위로 거적이 씌워졌고 그를 본 시마즈는 이를 갈 수밖에 없었다.

"어, 어떻게 이런 일이……!!"

빠드득……!!

두 주먹을 불끈 쥔 시마즈의 곁에서 영주들은 그저 입을 다문 채 사무라이들의 시신을 지켜볼 뿐이었다.

그들 또한 시마즈와 같은 결정을 내렸으리라고 여겼다. 또한 그들 모두가 전쟁에서 패할 수도 있다는 우려를 가졌다.

근심 어린 눈빛으로 시마즈를 바라보았다.

시마즈는 소리 높여 외치며 기존의 계획을 변경하기로 마음먹었다.

"야밤에 이동을 해서 적 본영을 친다!! 조선군 저격수는 무시하고 사무라이들은 일반 병사로 위장하라!!"

그것은 시마즈가 택할 수 있는 유일한 결정임과 동시에

그의 군사들에겐 악몽과도 같은 결정이었다.

　30만 대군이 사지에 몰려 있음에도 시마즈는 그를 감지하지 못하고 있었다.

　고요한 하늘 아래에서 무거운 발걸음들이 일었다.

　척! 척! 척! 척!

　시마즈의 명령 아래에 30만 왜병들이 서진을 개시하였다.

　달빛 밝은 아래에서 암살자들은 그들의 행동을 저지해야할지 말지에 대해 판가름을 놓고 있었다.

　"막습니까⋯⋯?"

　"아니, 대대 전체 인원을 모아도 막을 수 없을 거야⋯ 그러니 통과시킨다⋯⋯."

　"허면⋯⋯."

　"지시 받았었던 대로 두 번째 전략을 실행한다⋯ 전 대원들에게 그렇게 이르도록⋯⋯."

　"예⋯⋯."

　두 번째 전략이란 무엇일까, 분명 왜군의 이동이 이뤄지고 난 후 실시되는 전략임은 분명하였다.

　그렇게 왜군의 이동을 허용하며 사무라이들을 겨눴었

던 총구를 거둬들였다.

시간이 지나 빈 초지 위로 진지의 흔적들만 남았다.

이틀 동안 저격전으로 왜적들을 능멸하였었던 이들은 산에서 내려와 숲길 주위로 매복 진지를 구성하였다. 그리고 왜군의 목숨 줄이 지나가기만을 기다렸다.

하루 정도가 지나자 숲길 안으로 다수의 수레들이 지나가기 시작하였다.

수레들의 늘어선 길이는 무려 5리에 이를 정도로 긴 행렬이라 할 수 있었다.

다가닥… 다가닥… 다가닥…….

끼익~ 끼익~ 덜컥.

숲길 중심으로 수레들이 지나가고 있었다.

수레 곁을 지키는 왜병들은 내심 불길한 생각을 떠올리게 되었다.

"왜 이리 으스스하다냐~"

"여름인데도 그래?"

"그러니깐… 왠지 등골이 오싹한 것이 느낌이 영~ 안 좋네…….."

수레에 실린 군량은 30만 대군을 먹여 살릴 군량이었다. 그리고 그것을 보고 있을 암살자들이 아니었다.

그들은 사무라이들을 노렸었던 총으로 수레 곁을 지키는 호위병들과 무사들을 공격코자 하였다.

말을 탄 사무라이가 원형 세계의 십자선에 포개어졌다.

탕!

"헉!!"

"……?!!"

총성과 함께 사무라이 하나가 피를 뿌리며 쓰러졌다. 곁을 지키던 왜병들은 왜도를 뽑아들고서 두리번거리기 시작하였다.

"어, 어디야?!!"

"어디서 총성이……?!!"

선두 수레가 멈추는 바람에 마지막 수레까지 모두가 멈춰 서게 되었다.

그것이 공격 신호였다.

왜군 수송 부대에게로 조선군 특전 사단의 소총탄들이 날아들기 시작하였다.

"전군! 공격!!"

"한 놈도 살려두지 마라!!!"

탕!!

타타타탕!! 타타탕!!

푸푹! 푹! 퍽!!

"큿!!"

"헉!!"

폭우와도 같이 날아드는 총탄에 천여 명에 불과한 왜병들이 삽시간에 숨겨버렸다. 적 보급 부대를 궤멸시킨 암살자들은 수레로부터 필요한 양의 군량만 획득한 채 수레 옆으로 한범 폭약을 설치하였다.

"폭파!!"

콰쾅!!

폭음이 울려 퍼졌다.

그로써 특전 사단에 의한 교란전이 절정으로 치닫기 시작하였다.

교란전의 꽃은 후방 교란이었고 후방 교란의 중심은 적 보급선 차단에 있었다.

그것은 조선 땅에서 왜군이 경험했었던 수많은 패착 중 한 가지였다. 그러한 패착을 왜군 영주들이 잠시 잊고 있었다.

그들은 조선군 본영을 치면 모든 것이 다 해결될 것이라 믿고 있었다.

그 시각 히로시마에서였다.

"적 사무라이들을 십여 명 이상 저격하였으며! 적들과의 교전으로 적 이백 병력을 전소시켰습니다! 아군 피해는 전무하며 적 지휘 체계에 혼란이 생겼습니다! 현재 특전 사단은 후방 보급선 차단 전략에 돌입하였습니다!"

"음……!!"

특전 사단에서 보내진 전령의 보고에 권율이 만족스러운 표정을 지었다.

권율은 전령에게 물어 적 부대의 위치를 확인코자 하였다.

"지금 현재 적들은 어디에 있나?"

그의 물음에 전령이 상세히 답하였다.

"본영에 오기 직전! 적 30만 대군이 서진을 개시하였습니다! 아군 저격수의 위력 탓에 적들은 야간에만 기동을 실시하기에 현재 광도 서쪽 이틀 거리에 있다고 보시면 될 것입니다!"

"좋다! 수고했네!! 물러나서 쉬도록 하게!!"

"예!"

권율의 명을 받들어 전령은 군례를 올리고서 지휘부에서 빠져나갔다.

넓은 방 안 중심에 탁자가 놓여 있었고 그들 주위로 육군 제장들이 둘러 앉아 있었다.

1군단장 곽재우가 권율에게 차후의 행동을 질문하였다.

"여태까지 대장군의 계책대로 적들이 행동하였습니다. 역시 계획하신 대로 군사들을 움직이게 하실 것인지요?"

질문을 받는 권율의 손엔 국가정보원으로부터 입수된 30만 대군의 군량이 기록되어 있었다.

히로시마에서 교전을 치를 경우, 왜 육군은 이틀 정도의 시간으로 전투를 치를 수 있었다. 그러나 그 시간은 야간 기동으로 날아가버린 상황이었다.

그러한 종합적인 정보를 구성하여 권율은 변수 없는 군사 계획 일체를 실행으로 옮기고자 하였다.

"이미 첩보가 들어와서 알고 있겠지만 우리에게 남는 것은 군량이고 적들에게 부족한 것 또한 군량이지. 그러니 애써 그들과 싸울 필요가 있겠나. 이곳을 적들에게 내어줄 것이네. 방어가 쉬운 곳만큼 고립되기 쉬운 곳도 없는 법이지… 이후, 적들이 지쳤을 때 우리는 적들이 가장 싫어하는 방식으로 그들의 전의를 무너뜨릴 것이네."

"후후후후~"

권율의 설명에 제장들이 미소를 지었다.

필승을 확신한 권율이 자리에서 일어섰다. 그는 사기충천한 제장들에게 자신만만한 표정으로 명령을 내렸다.

드륵~

"철수 준비를 하게!! 대승을 거둔 해군처럼 우리 또한 역사에 깊이 기억될 것이야!!"

우렁찬 포효가 높이 울려 퍼졌다.

권율의 육군은 또 하나의 역사를 준비하고 있었다.

낮에는 기동을 멈추고 밤에만 기동을 하였다.

왜 육군의 야간 기동은 조선군 저격수로부터의 공격을 막았지만 시간을 날리면서 군량 허비라는 결과를 만들었다.

그래도 시마즈는 조선군 본대와 싸워 3일 동안 전투를 치를 수 있을 것이라고 여겼다. 그는 후속 보급 부대가 올 것이라 믿었고, 그러한 믿음을 근거로 조선 육군 본영이 있는 히로시마를 공격하였다.

한낮임에도 조용한 히로시마의 성문은 조용하였다. 심지어 열어젖혀 있기까지 하니 시마즈를 비롯한 왜국 영주들은 갖은 의심을 하며 히로시마 안으로 발을 들여 놓게 되었다.

거리 측편을 메운 왜국 백성들이 성문을 통과하는 왜병들을 바라보고 있었다. 시마즈는 백성들의 표정을 살피며 조선군이 어떠한 수를 쓰진 않았는지 의심을 하고 있었다.

"백성들의 표정은 그리 나쁘지가 않군……."

"이렇게 나와서 환영을 하는 것을 보면 뭔가 있을 것 같진 않소……."

"그래도 모르오… 백성들 사이에서 총구를 조준할 지……."

히로시마까지 오면서 조선군의 저격수 대문에 몸서리를 쳤었다.

시마즈를 비롯한 영주들은 왜군 사병들과 똑같은 복장을 하고서 말 옆에 서서 맨 땅을 걷고 있었다.

반면 영주 차림을 한 사병은 식은땀을 흘리면서 주위를 두리번거리고 있었다.

'칙쇼~!!! 미치겠네……!!'

언제 날아올지 모르는 총탄에 온몸을 굳히며 긴장하고 있었다.

그렇게 히로시마성 천수각이 있는 곳까지 당도하였다. 시마즈는 천수각에 지휘부를 세우고서 갖은 정보들을 모아나갔다.

그러다가 조선군이 완벽하게 철수하였음을 전해 들었다.

"무어라? 조선군이 완전히 철수하였다?"

"예! 장군!"

시마즈의 앞에서 모리 데루모토의 가신이 허리를 숙인 채 마을에서의 보고를 전하였다.

시마즈는 그에게 물어서 구레의 상황도 알고자 하였다.

"모리 장군이 향했었던 구례는 어떠한가? 그곳에 조선 수군 진영이 있었던 것으로 아는데?"

시마즈가 물었고 모리의 가신이 구례의 상황을 전하였다.

"구례에 있던 조선 수군 또한 모두 철수하였습니다. 지금 현재 개미 새끼 한 마리도 없다는 것이 모리 장군의 보고입니다."

"음……."

가신의 보고에 시마즈는 턱을 쓸면서 고민을 하였다.

정보가 확실하다면 조선군을 쫓기 위해 더욱 서쪽으로 밀고 들어갈 수도 있었다.

이전에 그는 히로시마에 쌓인 군량부터 확인코자 하였다.

"군량 창고로 안내하라! 군량을 확인하겠다!!"

"핫!!"

시마즈의 지시에 모리의 가신이 대답하였다.

본래 히로시마 성의 주인은 모리 데루모토인바, 그의 가신은 익숙한 발걸음으로 시마즈를 군량 창고로 이끌었다. 그리고 텅 비어 있는 군량 창고의 모습을 그에게 보여주었다.

끼익~

"……."

"……."

역시 나라는 생각이 두 사람의 머릿속을 파고들었다.

철수를 함에 있어서 군량을 남겨둔다는 것은 멍청한 짓과도 같은 것이었다. 때문에 시마즈는 한숨을 내쉬면서 군량 창고의 문을 닫게 하였다.

"후우… 닫도록 하게……."

"……."

끼익~ 쿵!

거대한 군량 창고의 문이 닫혔다.

시마즈는 지휘부로 돌아오면서 춘궁기인 것을 안타까워하였다. 동시에 그는 조선군의 군량 마련이 궁금하였다.

'분명 조선군은 우리보다 적은 수일 것이다. 허나, 그렇다곤 해도 20만 이상의 병력일 것이다! 그런 상황에서 전투는 어떻게 치르며, 백성들에 대한 선정은 어찌 베푼다는 것인가……?!!'

예전의 조선을 기억하는 시마즈에겐 조선의 군량 마련 방안이 참으로 수수께끼인 상황이었다.

그렇게 갖은 의문을 표하면서 천수각에 올랐다.

노을 진 하늘을 바라보는 가운데 그에게로 우키타가 찾아왔다.

"시마즈 장군……!"

"…무슨 일이오……?"

다급한 목소리에 시마즈가 고개를 돌리며 물었다.

그의 앞에서 우키타가 당혹스런 표정으로 말하였다.

"보급 부대가 당도하지 않았소!!"

"뭐, 뭐요……?"

우키타의 말에 시마즈가 어리둥절한 표정을 지었다. 직후 시마즈를 따르는 가신이 천수각에 올라와서 우키타가 말했었던 내용을 되돌려 말하였다.

"주, 주군!! 부급 부대가 당도하지 않았습니다!!"

"무어라……?!!"

가신의 보고에 시마즈가 언성을 높였다.

그는 가신에게 어찌 된 영문이지를 물었다.

"보급 부대가 당도하지 않았다니?! 그 무슨 보고인가?!"

"예정된 시각 안에 도착하기로 하였으나 도착하지 않았습니다! 대신 보급 부대의 잔존 군사가 지금 막 히로시마에 도착하였습니다!"

"잔존 군사?!"

"핫!!"

잔존 군사라는 이야기에 시마즈가 인상을 찌푸렸다.

그는 가신에게 말하여 살아남은 군사에게 안내하라고 하였다.

"내가 직접 확인하겠다!!"

저벅! 저벅!

거친 발걸음과 함께 천수각을 내려갔다. 그리고 히로시마성 입구에서 사지에서 탈출한 병사들을 만났다.

굳은 피들을 온몸에 뒤집어 쓴 병사가 있었다. 그에게로 시마즈가 질문을 하였다.

"이, 이게 도대체 어떻게 된 것인가?! 군량들은 어찌하고 이렇게 몸만 온 것인가?!"

시마즈의 질문에 병사들은 바닥에 엎드리며 자신이 보고 느꼈었던 것들을 말하기 시작하였다.

그것은 공포였다.

"군량을 실은 수레들을 몰고서 숲을 지날 때였습니다! 첫 총탄에 장수 하나가 죽고! 뒤를 이은 총성에 호위 병사들이 모조리 죽었습니다! 저를 비롯한 병사들은 적들에게 어떻게든 대응해보려 했으나 삽시간에 사살되었습니다…! 적의 습격을 알리기 위해 이곳까지 전력으로 왔습니다만…! 오던 도중에도 병사 몇이 적의 총탄에 죽어나갔었습니다! 장군~!!"

"소임을 지키지 못한 죄를 용서하여 주십시오~! 제발 살려 주십시오~! 장군~!!"

"흐흑… 흑흑……!"

비록 군량을 지키지 못한 죄가 있으나 그를 지키기 위

해 최선을 다했다고 느껴질 정도의 흐느낌이었다. 그들 앞에서 시마즈는 안타까움만을 드러낼 뿐이었다.

'역시 저격수들을 살려두는 것이 아니었어! 전투를 빨리 치르려 했던 것이 이런 결과로 나타나다니……!!'

"후우…….."

뒤늦은 후회를 보이면서 한숨을 내쉬었다. 그렇게 자신의 실수를 책망하였다.

그는 다음을 기약하려 하였다. 곁에 있던 우키타에게 그가 철군의 뜻을 밝혔다.

"상황이 좋질 못하오… 철군할 수밖에 없을 것 같소……."

"알겠소……."

시마즈의 결정을 말리지 못했었던 책임이 우키타에게도 있었다. 때문에 그는 시마즈를 책망하기 보단 보다 신속한 철군으로 군의 피해를 최소한으로 줄이고자 하였다.

그런 때에 비보가 다시 날아들었다.

우키타의 가신이 달려와서 우키타에게 조선군의 출현을 알렸다.

"주군!! 급보입니다!! 조선군이!! 조선군이 출현했습니다!!"

"……?"

"······?!"

우키타와 시마즈가 거의 동시에 놀란 표정을 지었다. 두 사람은 서로를 마주본 뒤 즉시 천수각 정상에 올라 히로시마 주변을 살폈다. 그리고 두 사람은 거의 동시에 숨이 멎는 듯한 충격을 느꼈다.

"헉?!"

"어, 어찌··· 이런··· 일이······?!!"

두두두두두~!!

해가 지기 직전 동쪽에서 먼지 구름이 일었다.

조선군 기병 사단이 동쪽을 차단한 가운데 10만여 명에 달하는 조선군 본대가 서쪽에서 끊임없이 밀려오고 있었다.

동시에 히로시마 남부 너머 해상으로부터 무수한 판옥선들이 무력시위를 보이고 있었다.

두 배에 가까운 병력을 지녔음에도 시마즈를 비롯한 왜 육군은 사면초가에 빠져버리고 말았다. 그것은 히로시마 특유의 하천 방어 탓이라 할 수 있었다.

총 6개에 이르는 하천 삼각주 중심에 히로시마 성이 있었다. 때문에 조선 육군 입장에선 하천 방어만 잘하여도 100만 왜군을 상대로도 이길 수 있었다.

함정에 빠진 것은 시마즈와 우키타였다.

그들은 자신들이 사지에 몰려 있다는 것을 깨달았다.

"일주일만 지켜라! 일주일이 지나면 적들은 알아서 항복할 것이다!!"

사기 높은 조선군 장교들의 외침이 히로시마의 하늘 위에서 울려 퍼지고 있었다.

다가오는 종언

　위대한 복수전은 장마와 함께 시작되었다. 화약은 빗물에 젖었고 춘궁기 탓에 군량은 너무나도 부족하였다.

　물론 그것은 조선 이외 다른 나라들의 일이었다. 재화와 군량이 풍부했던 조선은 복수전을 감행하자마자 대마국을 정벌하였고 한 달 이내로 구주 땅을 점령하였다. 그 와중에 가등청정과 소서행장을 격퇴하여 왜 육군의 창끝을 무디게 만들었다.

　뢰호에서 협판안치를 수장시킴으로 인해 남은 것은 왜 육군 본대 30여 만 명이었다. 그리고 그를 상대로 피해 없이 이기리란 거의 불가능에 가까운 일이었다.

하지만 조선엔 위대한 장군이 있었으니 그는 권율, 육전의 이순신이라 불리는 장수였다.

귀신같은 책략과 과감한 결단력으로 그는 30여 만 명에 이르는 왜군을 손아귀에서 주무르듯이 농락시켜 버렸다.

육군 본부 휘하 특전 사단으로 왜군의 지휘 체계를 망가뜨렸고, 군량이 부족한 적들의 심리를 꿰뚫고서 마음 급한 적들이 오판을 내리기를 기다렸다. 그러면서 특전 사단으로 하여금 적의 보급선을 완벽하게 마비시켜 놓았다.

30여 만 명에 이르는 왜군은 히로시마에 고립되어 더 이상 싸울 수 없는 처지에 이르렀다.

도하를 실시하는 순간 조선군의 화포들이 불을 뿜으니 무의미한 피해를 막기 위해서라도 히로시마 성안에서 버티는 수밖에 없었다.

문제는 군량이었는데 왜군에겐 더 이상의 군량이 없는 상황이었다. 때문에 30여 만 명의 왜군은 시간이 지날수록 지쳐가고 또 지쳐갈 뿐이었다.

거기에 왜군들과 함께 밤을 지내는 히로시마의 백성들마저 굶어가고 있었다.

자국군의 점령으로 말미암아 일어나는 상황에 대해 그들은 갖은 불만을 다 터트리고 있었다.

"도대체가 조선군이 포위한 지 며칠이지……?"

"이제 여드레 정도 되었나……?"

"조선군이 점령했을 땐 그래도 먹을 것 걱정이 없었는데 도대체 저놈들은 왜 여기에 와서 이렇게 사람들을 괴롭히는 거야……?"

"그러게 말이야…….."

길가를 지나는 왜병들을 가리키며 손가락질을 하는 것은 예사인 상황이 되었다.

고립 첫날, 왜병들은 굶더라도 백성들에겐 그나마 양식이 남아 있었다. 하지만 그것도 엿새 정도가 지나자 왜병들이나 백성들이나 비슷해지게 되었다.

모든 이들이 주린 배를 감싸고서 고통을 느낄 뿐이었다.

그러한 히로시마의 상황을 시마즈 또한 모르지 않고 있었다. 그는 하루에 한 끼를 먹으면서 최후의 순간을 기다리고 있었다.

그날도 천수각 상층에 올라 히로시마를 감싼 하천들을 확인하고 있었다.

'군량은 떨어졌고 적들의 진형은 완벽하다… 이성을 잃고서 적들의 계략에 말려든 것이 패착의 원인이구나……!!'

다시 한 번 고개를 떨구며 안타까움을 드러내었다.

한숨이 절로 나오고 있었다.

"후우……."

한숨과 함께 천수각 아래로 발걸음을 옮겼다.

그는 히로시마 거리를 돌면 왜병들의 상황을 살피고자
하였다.

길 측편 건물들 벽마다 왜병이 등을 기댄 채 갖은 신음
을 다 내고 있었다.

"으으~ 배고파……."

"하아… 하아……."

"……."

지쳐 쓰러져가는 병사들을 보며 시마즈는 고개를 돌려
버리고 말았다.

그때 그의 가신이 다가와서 예를 갖추었다.

척!

"무슨 일인가?"

가신에게 시마즈가 물었다. 가신은 인상을 굳히면서 조
선군이 전하는 소식을 전해주었다.

"궈, 권율이… 군량을 보낸다고 합니다……."

"무, 무어라? 군량?"

"핫!!"

"……?!"

가신의 보고에 시마즈는 믿기지 않는 듯한 표정을 지었

다. 뒤를 이어 가신은 미처 전하지 못했었던 사항을 전하였다.

"성안에 백성들이 굶주려 있는 바, 조선군이 그들을 직접 구하겠다면서 군량을 보내겠다고 합니다… 주, 주군……!!"

"허어……!!"

가신의 보고에 시마즈가 탄식을 터트렸다.

그는 분노에 찬 표정으로 온 얼굴을 붉게 만들었다.

백성들을 스스로 구하지 못하고 적들에 의해서 백성들이 구해지는 비참한 순간이었다.

그러한 굴욕적인 상황 속에서 시마즈는 자결을 해야 한다는 생각마저 하였다.

'이 시마즈 요시히로가 어쩌다가 이런 굴욕까지 당한단 말인가?!!!'

까드득!!

분통을 터트리면서 이를 갈아냈다.

그는 병사들의 모습을 보았고 히로시마에 거주하는 백성들의 모습을 확인하였다.

"허억… 허억… 으으… 배고파……."

"후우… 후우……."

거친 숨을 내쉬면서 모두가 배고픔에 지쳐하고 있었다.

결국, 시마즈는 권율이 보내는 군량을 받아들이고자 하였다.

"권율에게 전하라. 군량을 받아들이겠다고… 그리고 이 나라의 백성들을 생각해줘서 고맙다고…….

"하, 핫!! 크흑……!!"

분하여서 원통하긴 그의 가신 또한 마찬가지였다.

시간이 지나자 히로시마를 둘러싼 하천에서 나룻배들이 마련되었다. 그리고 조선군 병사들과 왜병들의 손에 의해 다수의 군량이 옮겨지게 되었다.

덜덜덜덜~

지친 왜병들의 손에 이끌린 수레가 히로시마 성 앞에 떡 하니 섰다.

시마즈는 우키타와 함께 권율이 보낸 군량의 양을 확인하였다.

그리고 그 군량이 히로시마 백성들만큼의 하루치 군량이라는 것을 깨달았다.

'후후후… 하긴, 우리 군사들마저 먹여 살릴 군량을 주진 않겠지……'

헛웃음이 나왔다.

동시에 하늘 위로 거대한 함성이 울려 퍼지기 시작하였다.

그것은 조선군 전체가 보내는 왜국 백성들에 대한 신호

였다.

"히로시마 백성들에게 알린다! 우리 조선군이 일본군
을 통하여 히로시마 백성들에게 하루 3끼를 먹을 수 있
는 군량을 주었으니! 히로시마 백성들은 일본군으로부
터 식량 배급을 받을 수 있도록 하라!!"

10리 밖에서도 들릴 10여 만 명이 동시에 외치는 큰 함
성이었고 왜국말로 번역되어 왜국 백성들이 알아들을
수 있는 함성이었다.

덕분에 굶주려 있던 백성들은 지친 기운 속에서 벗어나
활기를 띄게 되었다.

"지, 진짜야?!!"

"정말 조선군이……?!!"

"역시 조선군이야!!"

그들은 조선군이 건넨 군량을 찾아 헤맸다.

한 남성이 시마즈 앞으로 달려와서 간 크게 식량의 위
치를 묻고 있었다.

"야, 양식이 어디에 있습니까……?!!"

"……."

까드득~!!

이성을 잃어버린 히로시마의 백성들 탓에 시마즈의 이

만 온전치 못하게 되었다.

치욕도 그런 치욕이 없었다. 시마즈는 칼 손잡이로 손
을 가져다 놓고 부들부들 떨어야만 하였다.

시간이 지나 조선군의 식량은 히로시마의 백성들 것이
되었고 히로시마 백성들은 조선군의 선처에 크게 고마
워하였다.

"역시 조선군이 최고지…….."

"내 말이…….."

한마디, 한마디마다 자국군과 조선군을 비교하면서 쌀
주머니들을 가져가고 있었다.

왜군들은 그 모습을 지켜보아야만 하였다.

결국, 그들이 폭발하게 되었다.

"크아아!! 못 참아!!"

"이래 죽으나 저래 죽으나!! 배터지게 먹고 죽자!!!"

스릉~!

칼을 뽑았고 식량을 배급받는 백성들에게로 달려갔다.
그리고 자신들이 지켜야 할 대상에게 가진 흉기를 휘두
르게 되었다.

촤악~!!

"컥!!"

"꺄아아아악~!!!"

비명이 일었고 피분무가 뿌려졌다.

주변에 있던 사무라이가 크게 소리쳤다.

"저놈들을 잡아!!"

"우와앗~!!"

촤악~!!

전우들 사이에서 칼부림이 일었고 칼부림의 원인은 순수하게 생존욕구 탓이라 할 수 있었다.

이후 자국민들을 죽인 병사들은 전우들 손에 붙잡혀서 목이 날아가고야 말았다.

조선군의 행동 하나하나가 30만 왜군 전체를 뒤흔들고 있었고 결국 인내심을 포기한 영주가 결국 병사들을 움직이게 하였다.

"가만히 앉아서 죽음을 기다릴 것인가! 전장으로 나아가 장렬한 죽음을 맞이할 것인가!! 나는 그대들과 함께 전장에서 죽을 것이다!!"

"와아아아~!!"

함성 소리가 터졌다.

우키타 히데이에 칼을 뽑고서 병사들의 사기를 끌어 올렸다.

그 모습을 가만히 지켜볼 시마즈가 아니었다. 그는 우키타에게 달려가서 그의 팔을 붙잡으며 출진을 말렸다.

"이게 무슨 짓이오! 병사들을 모조리 물귀신으로 만들 작정이오!!"

하지만 그러한 시마즈의 외침 앞에서 눈 하나 깜짝할 우키타 히데이에가 아니었다. 그는 시마즈에게 참을 만큼 참았다고 말하였다.

"어쩌면 전쟁을 시작하기 전에 우리의 패배는 기정사실화인 것일지도 모르오! 그래서 내가 시마즈 장군의 결정을 반대하지 않았었소! 왜냐! 시마즈 장군의 결정만이 유일한 최선의 길이었기 때문이오!! 허나…! 지금은 다르오!! 여기서 굶어 죽을 바에! 차라리 나가서 싸우겠소!! 그것이 우리가 살 수 있는 유일한 길인 것 같소!!"

"우키타 장군!!"

팍!

우키타 히데이에가 자신의 팔을 잡은 시마즈의 손을 뿌리쳤다.

그는 다시 한 번 칼을 치켜세우며 병사들의 사기를 고취시켜 나갔다.

척!

"와아아아아아~!!!"

어떠한 것도 이길 수 있을 것 같은 환상이었다.

그러한 환상을 믿고서 우키타 히데이에가 명령을 내렸다.

"전군~!!! 출진~!!!!!"

"출진!!! 출진하라!!!"

"와아아아아~!!!!"

두두두두두~!!!

함성과 함께 30만 이상의 군사들이 움직였다.

30만 군병은 거칠 것 없이 내달렸고 히로시마를 감싼 하천 앞에서 그 발걸음을 멈춰 세웠다.

시마즈로부터 지휘권을 빼앗은 우키타가 전 병력에게 도하 명령을 내리고 있었다.

"전군~!! 도하하라~!!!"

"도하하라~!!"

"도하~!!!"

명령과 함께 소수의 나룻배들로 왜병들이 쏟아져 들어갔다.

그를 가만히 보고 있을 조선군이 아니었다. 그들은 왜병들이 승선하는 배들로 백호포를 방포하였다.

"편각! 102도 34분! 사각! 26도 28분! 장약 1호!"

"편각! 102도 34분!! 사각! 26도 28분!! 장약 1호!! 탄알 일발 장전~!!"

"쏴~!!"

펄럭~!

뻐벙~!!!

포성과 함께 하천가 주변에서 흙이 튀었다.

하천가로 몰린 왜병들 사이에서 살점이 튀고 팔다리가

튀기 시작하였다.

동시에 고통 속에서 울부짖는 비명 소리고 울리기 시작
하였다.

콰쾅!! 콰콰쾅!!

퍼퍼펑!! 펑!

"크아아악~!!"

"으아아아!!"

피로 물들어가는 왜병들 탓에 하천가는 사지가 되었고
지옥이 되었다.

눈앞에서 수라도가 펼쳐짐에도 우키타는 병사들에게
도하를 끝까지 실시하라 하였다.

"도하하라!! 하천을 건너고 포위망을 뚫어라!!!"

"도하!! 도하하라!!"

"하천을 건너라……!!"

그의 외침은 죽기를 각오한 왜병들에게 기름을 붓고 있
었다.

그렇게 튀는 행동을 보이는 이를 조선군이 가만히 둘
리가 없었다.

먼 곳에서 왜군의 행동을 보던 권율은 1군단장 곽재우
에게 적 지휘관을 처리하라고 말하였다.

"1군단장."

"예. 대장군."

"저쪽에 시끄럽게 떠드는 왜장에게 신기전을 날리도록 하게. 내 생각에 저자가 지휘관인 듯하네."

"알겠습니다. 대장군. 속히 명령을 내리겠습니다."

권율로부터 명을 받은 곽재우는 즉시 포병 연대장에게 명을 전하여 우키타에게 포격을 날리게끔 하였다.

얼마 지나지 않아 백호포 측편에서 신기전이 방렬되었다.

그리고 심지에 불을 붙이며 무수한 화살들을 쏘아 날리게 되었다.

펄럭~!

"점화~!"

"점화!!!!"

치직~! 치지지직~!!

쏴아아아아~!!!!

불꽃 꼬리들이 늘어졌다. 수천 발에 이르는 화살들이 히로시마를 감싼 하천을 건넜고 하천가를 메운 왜병들의 머리 위로 비 내리듯이 쏟아져 내렸다.

또 한 번의 비명 소리가 하천가를 가득 메워나갔다.

쉬이이익~ 푸푸푹! 푸푹! 푹!

"으으윽~!!!"

"커헉!!"

하늘 위로 무언가가 날아온다는 것을 감지했을 땐 이미

늦은 것이었다.

임란 당시 조선 정벌군 총지휘관이었었던 자는 송장들 위로 눕고선 팔을 허우적거려댔다.

거친 숨과 함께 입에서 피가 튀어 올랐다.

"허억… 허억… 커헉……!"

직후 가슴을 쑤신 화살에서 폭발이 일었다.

콰쾅!! 콰콰쾅!!

퍼펑!! 퍼퍼퍼펑!!

궁지에 내몰린 상황에서 충동적으로 이뤄졌었던 출진 은 수만 병력의 몰살과 함께 끝을 맺었다.

그로부터 약 두 시진이 지나서였다.

30여 만 명에 이르던 병력 중 반수가 사상자가 되었고 시마즈 요시히로와 함께 왜군 최고의 장수였던 자가 전 사해버리고야 말았다.

때문에 히로시마에 고립된 왜군은 깊은 늪 속으로 더더 욱 빠져들게 되었다.

돌파도 불가능했고 수성도 불가능한 상황이었다.

괜히 고집을 피워서 애꿎은 군사들마저 몰살 시킬 순 없는 법이었다. 때문에 시마즈에게 남아 있는 선택은 오직 단 한 가지밖에 남지 않게 되었다.

'결국, 항복밖에 없는 것인가…….'

깊은 고민을 하면서 히로시마를 살폈다. 그리고 갖은 고통 속에서 발악하는 병사들을 보았다.

더 이상 그들에게 고통을 요구할 수 있는 자격이 자신에게 보이지 않고 있었다.

결국 그는 결심을 하였다.

그는 조선군에게 자신의 결심을 전하고자 하였다.

"권율에게 항복 협상을 하겠다고 이르게……."

"……."

"어서……!"

"주, 주군…!! 크흐흐흑……!!"

끝내 버티다 못하여 내린 결정에 시마즈의 가신들이 눈물을 흘렸다.

그들은 시마즈의 뜻을 받들고서 하천을 건너서 조선군에게로 향하였다. 그리고 권율을 만나 그에게 시마즈의 뜻을 전하고자 하였다.

시마즈로부터 온 가신들이 권율 앞에 서 있었다. 시마즈의 가신들은 권율에게 항복의 뜻을 밝히고 있었다.

"우, 우리 주군께서 항복을 하기로 하셨소… 그러니 부디, 교전을 중지하여 주시오……."

가신들의 말투는 너무나도 어두웠다. 반면에 권율의 어

투는 너무나도 오만하였다.

그는 거만한 표정으로 왜군들에 대한 처우를 결정지었
다.

"내가 도진의홍에게 전하는 것은 세 가지다. 첫째, 자
결하지 말라. 도진의홍이 자결을 하는 순간 히로시마에
집결한 왜군을 굶겨죽이든지 도륙하든지 우리 마음대
로 할 것이다. 둘째, 갖은 무기들을 상자에 담아 하천 너
머로 보내라. 왜병 한 명의 손에 호미라도 들고 있는 순
간 모조리 도륙할 것이다. 셋째, 무사 계급 이상의 자에
겐 안전 보장을 하지 못한다. 우리 조선군은 지난 전쟁에
서 학살을 주도하였던 자를 끝내 찾아내서 심판할 것
이다. 이것이 내가 그대들의 주인에게 보내는 제안이다.
이것을 받아들이겠는가?"

"……."

권율의 제안에 시마즈의 가신들은 더욱 어두운 표정을
지었다.

그들은 흘러내릴 것 같은 눈물을 참으며 자신들의 주인
에게 한 번 물어보겠다고 하였다.

"도, 돌아가서 여쭙겠소……."

그리고 그 길로 그대로 시마즈에게로 돌아갔다. 그들은
시마즈에게 권율이 제안 세 가지를 말하였고 시마즈의
답변을 기다렸다.

울상을 짓는 가신들 앞에서 시마즈는 굳은 표정으로 제안을 받아들이기로 결심하였다.

"제, 제안을… 받아들이겠다… 권율에게 가서 그리 전하라…….."

"주, 주군!!"

"주군!! 크흐흐흑……!!"

시마즈의 대답에 가신들이 눈물을 터트렸다.

그들은 시마즈의 명을 따라 다시 하천을 건너서 조선군 진영으로 향하였다. 그리고 권율 앞에 서서 자신들의 주군의 뜻을 전하였다.

"바, 받아들이신다고 하였소……."

그에 권율이 미소를 지었다.

"후후후……."

그는 시마즈의 가신들에게 이튿날까지 항복에 관한 행동을 취할 것을 명하였다.

"하천 너머로 배편을 보낼 것이니, 이튿날까지 무기들을 버릴 수 있도록 하라. 이를 어길시 조선군은 포위를 풀지 않을 것이며 한 달이고 이 자리에서 버티며 히로시마의 군사들을 굶겨 죽이겠다!"

"그, 그리 전하겠소……."

"하하하하~!!"

호탕한 웃음소리가 울려 퍼져 나갔다.

시마즈의 가신들은 승리감에 도취한 권율의 모습에 다시 하천을 건너면서 대성통곡을 해버리고야 말았다.

그로부터 이틀이 지났고 히로시마에 남아 있던 왜군 전체가 무장해제를 당하였다.

왜군들의 무기는 권율의 군사에 의해 수거되었고 왜병들은 조선군의 총구 앞에서 포로 신세가 되었다.

시마즈의 손목 위로 포승줄이 묶였다.

권율과 시마즈의 눈빛이 교차되고 있었다.

"……."

"후후후후……."

두 노장의 대결은 권율의 승리로 끝을 맺었다.

권율의 입가에서 진한 웃음이 사라질 줄 몰랐다.

그는 시마즈를 보내고 난 뒤 북소리를 두드리게 하였다.

"승전 북을 올려라!! 오늘 부로 왜적들은 섬멸 당하였다!!!"

둥! 둥! 둥! 둥!

"와아아아아~!!!!!"

승자들의 함성 소리가 히로시마를 메워갔다.

잠깐 동안 멈췄었던 육군의 진군이 다시 개시되었다.

거칠 것 없는 폭풍 같은 질주가 막 펼쳐지려던 찰나였다.

히로시마를 탈환함에 따라 조선 수군 본영이 있다는 곳
으로 향했었던 모리 데루모토였다. 그는 구레에 도착함
과 동시에 조선 수군이 철수를 하였다는 것을 파악하였
었다.

　그는 히로시마로 전령을 띄웠었고 구레가 비었었다는
것을 시마즈에게 알리고자 하였었다. 그리고 히로시마
에서 조선군에게 포위된 30만 군사들을 확인하였었다.

　그는 어느새 오사카로 돌아와 있었다. 그는 오사카 성
천수각을 뒤지며 히데요리를 찾아 헤매고 있었다.

　드륵~!

　"전하! 전하~!!"

　문을 직접 열면서 소리 높여 부르고 있었다. 그때 이시
다 미쓰나리가 나타나서 모리가 히데요리를 찾는 이유
를 물었다.

　"갑자기 전하는 왜 찾는 것이오?"

　그에 모리 데루모토가 수심 깊은 표정을 하고서 급보를
전하였다.

　그의 목소리가 다 떨리고 있었다.

　"히, 히로시마에서 우리 군이 대패하였소! 남은 군사라

고는 내가 가진 군사 1만여 밖에 없소! 그러니 어서 피난을 준비해야 할 것이오……!!"

"……?!!"

모리의 급보에 이시다가 두 눈을 크게 키웠다. 그는 모리의 팔을 잡으며 그것이 사실인지를 물었다.

"확실하오?! 저, 정녕 30만에 달하는 병력들이 몰살을 당한 것이오……?!"

"화, 확실하오……!"

"…….."

모리의 답변에 이시다는 할 말을 잊어버리게 되었다.

두 사람은 서로에게 할 말을 잊은 채 멍하니 서로를 바라보고만 있었다.

그때 그들 곁에서 인기척이 일었다.

그간 보이지 않았었던 히데요리가 그들 곁에 있었다.

"저, 정말로… 시마즈 장군이 패한 것입니까……?"

어린 소년 군주가 물었다. 그에 모리가 다가와서 허리를 굽히며 말하였다.

"사, 사실입니다. 허나 심려치 마시옵소서! 신들이 관백 전하를 지킬 것이옵니다……!"

"…….."

수심 깊은 신하의 이야기를 믿을 왕은 그 어떤 곳에서도 존재하지 않는 법이었다.

히데요리는 모리의 이야기가 현실로 이뤄지지 않을 것이라는 것을 잘 알고 있었다.

그러함에도 그는 모리가 말하는 것에 대해 믿는 모습이라도 보이고자 하였다.

"장군을 믿겠습니다… 이시다 장군도요…….."

"핫!!"

모리와 이시다 두 사람이 거의 동시에 답하였다.

두 사람은 히데요리를 피난시키기 위해 성내에 사람들을 시켜서 짐들을 챙기게끔 하였다. 금은보화는 불필요한 것이었고 식량과 옷가지, 기름 등이 필요 품목들이었다.

얼마간의 시간이 지나자 히데요리의 피난 준비가 끝마쳐졌다.

모리 데루모토와 이시다 미쓰나리, 부상을 당했었던 가토 요시아키, 모리 가쓰노부 등이 모인 가운데 이시다 미쓰나리가 모리 데루모토에게 피난 방향을 물었다.

"어디로 갈 것이오?"

그에 모리 데루모토가 동쪽 너머의 산을 가리키며 말하였다.

"나고야로 향할 것이오."

그 시각 나고야에서였다.

판옥선 갑판 위에서 조선 해군 장교들이 적기를 휘둘렀다.

만(灣)을 메운 판옥선들 사이에서 분주함이 일었다.

펄럭~!

"점화!"

"점화~!!!"

치지지직…….

뻐버벙!! 뻐벙!!

수백 척에 이르는 판옥선 함대가 불을 뿜었다. 동시에 판옥선 함대 뒤편에서 일자진을 형성한 청해선들이 나고야 해안을 향하여 포성을 터트리고자 하였다.

청해선 내 화포 탑재실에서 분주한 움직임이 일었다.

화포 곁에 붙은 포반원들은 저마다의 절차로 포탄을 장전시키고 있었다.

"편각! 3도 17분! 사각! 41도 48분! 장약 5호!"

"편각! 3도 17분! 사각! 41도 48분! 장약 5호!! 탄알 일발 장전!!"

"전포대 사격 준비 완료!! 쏴!!"

뻐버버벙!!!

포탄 장전 끝에 포대장들이 수기를 휘둘렀다. 직후 백호포에서 불꽃이 터지며 무수한 포탄들이 날아올랐다.

포탄들은 해안가에 위치한 목책 진지로 날아들었다.

콰콰쾅!! 콰콰쾅!!

펑!! 퍼펑!!

"크아악~!!"

촤아악~!!

비명 소리와 함께 하늘 위로 모래와 살점들이 튀어올랐다.

사람의 살점이 뒤섞인 모래를 뒤집어 쓴 왜병들은 귀신을 본 것 마냥 비명을 지르고 있었다.

"으아아아~!!!"

"엄폐하라~!! 몸을 숙여라~!!!!!"

칼을 든 사무라이가 구덩이 속에서 팔을 뻗으면서 외치고 있었다. 그는 그의 주군으로부터 해안을 필사의 각오로 지키라는 명을 받았었던 이였다.

그는 최선을 다하여 해안을 지키려고 하였다. 하지만 그의 눈앞에서 대병력이 상륙전을 벌이니 그는 조선군이 쏘는 총탄 앞에서 숨을 거두고야 말았다.

조총의 탄환과 달리 힘과 정확성을 가진 총탄 하나가 그의 가슴을 꿰뚫어 버렸다.

푹!

"훗······!"

털썩······!

옅은 신음 한 번이 전부였다.

그는 고개를 숙인 채 앞에 있는 흙바닥으로 얼굴을 기댈 뿐이었다.

수백 척의 판옥선이 나고야 해안에서 다리를 내렸다. 판옥선들로부터 2개 사단에 육박하는 해병대 병력들이 쏟아져 내리고 있었다.

해안에서 부서지는 파도 위로 기백이 넘쳐흐르는 발길질이 일었다.

첨벙첨벙!

찰박찰박!

"해안 외곽까지 적들을 밀어낸다!! 돌격억~!!"

노비 개복의 외침이 울려 퍼졌다.

그 날도 최정근은 해병대의 최선두에서 병력 통솔을 하고 있었다.

그는 해변 외곽으로 내달리며 왜군들이 있는 목진지를 공격하였다.

해변 외곽지대 앞에서 그가 무릎을 꿇었다.

"소대 무릎 쏴!!"

처처척! 처척!!

"쏴!!"

타타탕! 탕! 탕!

"수류탄 투척!"

"수류탄 투척!!!"

핑! 휙~!

콰쾅!!!

소대 일제 방포로 적들을 제압한 뒤, 수류탄을 투척하며 목진지의 왜병들을 제거하였다.

최정근의 공격 앞에서 왜병들은 고통 속에서 몸부림을 치며 비명을 질렀다.

"크아악!!"

"으으윽……!!"

철 파편에 온몸이 피투성이가 된 그들이었다. 그런 그들에게로 최정근은 그 어떤 감정도 없이 총탄을 박아 넣었다.

탕! 탕!

"헉……!"

"으윽……"

적들을 상대로 한 최정근의 유일한 자비는 오로지 빠르게 사살하여 고통을 잊게 하는 것이 전부였다.

그는 그 어느 장교보다도 신속하였고 그 어느 장교보다도 완벽한 전술로 적들을 제압해나갔다.

그렇게 목진지 여럿을 무너뜨리며 해변 외곽으로 진격

해 들어갔다.

상륙 시작부터 어두웠던 하늘이 울기 시작하였다.

번쩍~!!!

콰르르릉~!!

번개가 내려치고 천둥소리가 울려 퍼졌다. 얼마 지나지 않아 하늘에서 폭우가 쏟아져 내리기 시작하였다.

쏴아아아아~!!!

폭우는 조선군에게 있어서 축복이었다.

쏟아지는 빗줄기를 맞으며 최정근은 해변 외곽을 벗어나 나고야 성이 보이는 초지로 진입하였다.

길게 늘어선 방선들 사이에 검을 뽑아들은 왜병들이 있었고 그들을 상대로 최정근이 전력을 다하여 달려들었다.

"소대~!! 나를 따르라~!!!"

"와아아아~!!!!!"

최정근의 뒤를 따라 그의 소대 병사들이 움직였다. 직후 그가 속한 중대, 대대, 연대 병력들이 일제히 초지를 달리기 시작하였다.

두두두두두~!!

기마군이 아님에도 기마 부대와도 같은 모습을 보이고 있었다.

해안에 상륙한 2만여 병력은 거칠 것이 없는 기세로 왜병들의 코앞 문턱까지 질주하여 나아갔다.

조선군 해병대를 맞이한 왜군은 압도적인 수세 속에서도 최후의 순간까지 발악을 보이고자 하였다.

왜군 방어선 후방 편에서 궁수 부대가 활시위를 당겼다.

"발사~!!!"

투투퉁! 투퉁!!

하늘 위로 무수한 화살들이 솟아올랐다.

하늘로 솟아오른 화살들은 그대로 조선군 해병대원들의 머리 위로 쏟아져 내렸다.

푸푸푹! 푸푹!!

후두두둑!!

"으아아······!"

"커헉!!"

조선군 해병대 병사들 사이에서도 비명이 터져 나왔다. 하지만 그 이후에 왜군들의 비명이 더욱 클 일이었다.

이를 갈아낸 최정근이 왜군을 상대로 방아쇠를 당기고 있었다.

"한 놈도 살려두지 마라!! 무기를 들고 있는 자는 모조리 죽여라!!"

철컥!

탕! 탕! 타타탕!!

최정근을 시작으로 소대 병력 전원이 방아쇠를 당겼다. 그리고 그 시작의 끝은 언제나 해병대 병력 전원이 왜군들을 상대로 몰살하는 식이었다.

분노에 휩싸인 해병대군의 총탄들이 왜병들의 심장과 머리들을 터트려냈고 약간의 피해를 보았었던 해병대는 다시 거칠 것이 없는 발걸음으로 초지를 가로질러갔다.

그 모습을 적 된 입장에서 볼 땐 그야말로 공포, 그리고 두려움이었다.

나고야 천수각 상층부에 나고야를 지키는 성주가 있었다. 그는 젊었을 적에는 요시츠네(義経)의 재림이라 불릴 정도로 재치와 무용을 보였었던 이였다.

약관이 되고 난 후 본격적으로 전국에 이름을 알리게 되었고 세키가하라에서 도쿠가와가의 부자들을 베면서 역사에 길이 남을 영웅이 되었다.

그랬었던 일들이 불과 몇 년 전에 있었던 일이었다. 아직 노영웅이라고 치부하기엔 나이 40도 되지 못한 자였다.

신화에 남을 영웅은 왜국 땅에서 현실로 남아 있었다.

그런 그가 난생 처음 두려움을 느끼고 있었다.

그는 조선군 해병대를 보면서 처음으로 위압이라는 것을 느끼고 있었다.

"저들이 정녕 조선군이란 말인가……?!!!"

불세출(不世出)의 영웅, 사나다 유키무라(真田幸村)의 눈앞에서 전국 시대를 끝냈었던 정예병들이 녹고 있었다.

세계 최강의 군대가 나고야에 태극기를 꽂았다.

〈7권에 계속〉

어울림 BOOKS 신인 작가 대모집!

무한한 상상력과 뜨거운 열정을 가진 작가 여러분을 기다리고 있습니다.
창작에 대한 열의가 위대한 작품으로 꽃피울 수 있도록 저희 어울림 출판사가
여러분의 힘이 돼드리겠습니다.

지금 도전하십시오!

분야 : 현대 판타지, 퓨전 판타지, 팜므 판타지, 무협 등 장르문학
대상 : 열정을 가진 모든 작가
기한 : 수시
접수 방법 : 이메일 접수 또는 당사 홈페이지 원고투고란을 이용해
　　　　　　　주십시오.
접수 파일 작성 방법 :
▷ 작품 접수 시 '저자명_작품명.hwp'(한글 파일)로 통일
▷ 파일 안에 포함되어야 할 내용
　 ― 성명(필명인 경우 실명), 연락처, 이메일 주소, 집필 의도
　 ― 현재 연재하고 계신 분은 연재사이트와 아이디, 제목
　 ― 전체 줄거리, 등장인물 소개(A4 용지 5매 이내)
　 ― 본문(15~16만 자 이내)

채택된 작품은 정식 계약을 통해 출판물로 간행됩니다.
간행된 출판물은 당사의 유통망을 이용하여 전국 서점으로 배포됩니다.
※ 문의 사항은 **당사 홈페이지**(www.oulim.com)을 이용하시기 바랍니다.

서울시 마포구 서교동 395-64 회산빌딩 302호 / 어울림 출판사 신인 작가 담당자
전화 02) 337-0120 / **E-mail** flysoo35@nate.com

막새바람 퓨전판타지 장편소설

천지를 가르다

"너는 죄를 짓지 않았다.
죄를 지었다면 네가 아닌 네 어미와 나겠지……."

천륜을 거스르고 세상에 태어난 운(雲)…
어미는 그를 죽이려 했고,
사람들은 그를 경멸했다.
세상이 그의 천죄(天罪)를 핍박했어도
그는 세상에 분노하지 않았다.
다만 어미의 품이 그리웠고, 살고 싶었다.

"원한을 갚는다고 네 응어리가 풀리겠느냐?"

모진 삶을 살아온 운에게 세상은 끝내 온정을 베풀지 않았다.
허나 그 역시 거부할 수 없는 운명의 일부였다.
이제 나를 위해 검을 든다. 그리고 세상으로 나아갈 것이다.

"태극(太極)의 눈동자,
그것은 천지를 꿰뚫어 볼 것이다."

어울림

OULIMFANTASYBOOK

잊혀진 문명

가드로키 현대판타지 장편소설

현재의 문명이 나타나기도 전에 존재했던 초과학 문명.
그들은 엄청난 업적을 이루었지만 어느날 흔적도 없이 사라졌다.
그 오랜 세월을 뛰어넘은 고대 문명이 찬호의 앞에 나타나게 되는데…

"나의 마스터가 되어주기 바란다."

외로움이라는 감정을 느끼는 초고대의 인공지능.
멈췄던 인공지능의 심장이 다시 뛰기 시작하고…
한 소년의 손에 운명을 맡긴다.

"그런데 나는 무엇을 할 수 있지?"

초과학 문명을 계승한 찬호의 행보.
웅크리고 있던 한민족의 비상이 시작된다.

어울림
BOOKS